ILIA

GWALIA

Llŷr
Titus

Lluniau Helen Flook

Gomer

Cyhoeddwyd gyntaf yn 2015 gan
Wasg Gomer, Llandysul, Ceredigion, SA44 4JL
www.gomer.co.uk

ISBN 978 1 78562 049 2

Cyhoeddwyd gyda chefnogaeth Llywodraeth Cymru.

Argraffwyd a rhwymwyd yng Nghymru gan
Wasg Gomer, Llandysul, Ceredigion.

Gwaeddodd Hans Reiter rhywbeth llawer gwaeth nag 'wps'.

Yn ôl y cyfrifiadur, doedd dim gobaith dianc.

Gwasgodd y sbardun i'r eithaf. Roedd yr injan yn sgrechian.

Dim newid.

Roedd yn dal i gael ei dynnu tuag at y blaned.

Dyrnodd y llyw.

Roedd wedi ymchwilio, wedi treulio'i oes yn dilyn hanesion hen yrwyr llongau cargo. Wedi casglu dyddiaduron a chofnodion fideo pobl a oedd wedi fforio drwy'r gofod ac wedi pori drwyddyn nhw'n ofalus. Wedi darganfod y gwirionedd yn y chwedlau. Yna rhoi gweddill ei arian i brynu chwip o long ofod a threulio blynyddoedd yn crwydro rhwng y planedau. A dyma fo wedi cyrraedd yr unig blaned y bu'n chwilio amdani. Ac roedd yntau ar fin marw.

Roedd ganddo ddeg munud i fyw yn ôl cloc y cyfrifiadur.

9 munud

Gorffennodd recordio'i neges a'i gyrru i ddyfnderoedd y gofod. Byddai'n flynyddoedd cyn iddi gyrraedd unrhyw le – os cyrraedd o gwbwl – ond roedd yn rhaid iddo ddweud rhywbeth. Daeth wyneb y blaned yn nes wrth i injan ei long ddechrau llosgi o dan y straen o geisio'i gadw yn y gofod ac yn fyw.

8 munud

Gwyrodd ei ben i weld pa mor agos oedd y tir islaw. Ffrwydrodd rhywbeth yng nghefn y llong a chafodd Hans ei daflu ar ei hyd. Trodd y stafell reoli bob sut gan daflu ei offer ymchwil i bobman. Disgynnodd Capten Kepler, yr arwr bach plastig a fu ganddo ers roedd o'n ddim o beth, i'r llawr. Hwnnw oedd wedi'i ysbrydoli i ddechrau meddwl am y gofod pell. A rŵan byddai yntau'n mynd i'r gwellt fel popeth arall.

7 munud

Cododd ar ei draed ac edrych drwy'r ffenest wrth i larymau ddechrau canu.

6 munud

Saethodd gwreichion o'r paneli ar y wal. Rhoddodd y llong hyrddiad. Clymodd ei hun gyda'i felt i gonsol ei gyfrifiadur. Roedd Hans am farw ar ei draed.

5 munud

Daeth larwm ychwanegol i gyd-ganu â'r côr o rai eraill. Roedd y stafell reoli'n boeth. Sychodd ci dalcen. Gwthiodd fotymau ar y consol – i ddim bwrpas.

4 munud

Clywodd glec wrth i'r llong hollti yn ei hanner. Roedd popeth yn troi, holltodd to'r stafell reoli a daeth rhu o aer i mewn.

3 munud

Fedrai o weld bron ddim wrth i'r gwynt droelli popeth o'i gwmpas. Daliodd y consol o'i flaen yn dynn. Roedd golau melyn yn ei lygaid. Y golau melyn a oedd wedi dechrau hyn i gyd.

Roedd ganddo un cysur. Roedd ei theori yn iawn. Ar ôl blynyddoedd o ofni na fyddai'n gywir. Roedd yn gwybod ei fod yn iawn erbyn hyn.

2 funud

Gallai weld coed, a rhyw adeilad anferthol islaw.

1 munud

Caeodd ei lygaid. Golau melyn. Golau melyn ym mhobman.

Clywodd glec ac yna dim byd arall.

Wrth i Elan roi help llaw i Dewyrth blannu hadau letys mewn hen botiau bwyd llawn pridd, meddyliodd mor ddiflas y gallai bywyd ar fwrdd llong ofod y *Gwalia* fod weithiau. Oedd, roedd hi wedi bod i sawl planed yng nghwmni'r chwech arall oedd yn griw, ond chafodd hi erioed antur go iawn gan mai dim ond cario nwyddau a gwybodaeth o le i le oedd y *Gwalia*.

'Wnest ti glywed beth ddwedes i, Elan?' holodd Dewyrth.

'Ym, naddo sori, Dewyrth, ro'n i'n meddwl am betha eraill.'

'O leia dy fod ti'n onest . . .'

Er bod ambell un o'r criw yn ei galw hi'n

ddigywilydd neu'n fusneslyd, fyddai Dewyrth yn mynnu mai chwilfrydig oedd hi. 'Rhaid i ti wneud yn fawr o'r meddwl miniog 'na sy gen ti, Elan,' meddai. 'Mi dalith ar ei ganfed ryw ddydd.'

Roedd pawb ar y *Gwalia* yn ei alw'n 'Dewyrth' er nad oedd yn ewythr i'r un o aelodau'r criw, a doedd neb yno'n perthyn i'w gilydd. Mae'n debyg mai am fod ei yn hŷn na phawb a chanddo wallt claerwyn y cafodd yr enw. Un chwilfrydig oedd Dewyrth hefyd, a'i lygaid glas o hyd yn pefrio. Cyn iddo gynnig bod yn arddwr ar y *Gwalia* roedd yn arfer bod yn llyfrgellydd. Nid aros mewn rhyw hen adeilad llychlyd y tu ôl i bentwr o lyfrau fyddai Dewyrth yn ei hen swydd chwaith ond gwibio o blaned i blaned yn chwilio am lyfrau papur prin a phwysig mewn hen adfeilion ac ar blanedau gwag. Roedd wedi gorfod dianc yn gyson rhag lladron a phob math o bobl ddrwg. Er iddo ddweud ei fod 'rhy hen i giamocs fel'na', bellach roedd yn gwisgo bathodyn ag arno lun o hen lyfrau papur, yn amlwg yn falch iawn o'i gyn-swydd.

Ciciodd Elan ei thraed yn ôl a blaen ger y fainc, yn mwynhau arogl y pridd a distawrwydd y gwaith. Tynnodd fymryn ar ei gwallt tywyll heb feddwl. Roedd braidd yn hir, bron yn cyrraedd at ei hysgwyddau. Yn ei dillad ail-law, a hithau heb olchi'i hwyneb yn iawn ers dyddiau, byddai rhai'n ei galw hi'n flêr. Ond dyna sut oedd llawer o deithwyr y llongau gofod bach gan fod gwaith yn galw'n amlach na sebon. Hen lol oedd molchi beth bynnag, meddyliodd Elan.

Rhoddodd fol Elan wich am y trydydd tro mewn hanner awr; roedd amser brecwast yn bell yn ôl a phlannu letys yn waith caled.

'Argol, Dewyrth,' meddai gan geisio swnio'n ddi-hid. 'Faint o'r gloch ydi hi? Bron yn o agos at amser cinio siawns?'

Estynnodd Dewyrth declyn dyfrio a dechrau gwlychu pridd y letys.

'Olreit, olreit,' meddai. 'Dyna'r trydydd tro i ti holi mewn hanner awr. 'Ry'n ni wedi gorffen plannu am y tro ac ydi, mae hi'n amser cinio.'

Golchodd Dewyrth ei ddwylo a'u sychu ar ei drowsus. Erbyn iddo gyrraedd y drws ym mhen pella'r stafell roedd Elan yno'n aros amdano.

'I'r lle bwyd, Elan?' holodd gan wenu.

'Ia, y lle bwyd,' atebodd Elan a phwyso'r botwm agor.

Doedd y *Gwalia* ddim yn lân nac yn wyn i gyd

ar y tu mewn fel rhai o'r llongau gofod yn y catalogau crand y byddai Ari, y Capten, yn pori drwyddyn nhw wrth yfed ei de bob dydd. Roedd hi'n hen ac roedd pobl yn byw ynddi drwy'r amser ac felly edrychai'n debycach i'r hen lun o long tanfor hynafol a welodd Elan un tro, gyda'r coridorau cul yn llawn pibellau a gwifrau.

Roedd Ari wedi dechrau ar y gwaith o fasnachu rhwng y planedau flynyddoedd yn ôl ar ei ben ei hun. Daeth gweddill y criw i weithio gydag o ar adegau gwahanol ac roedd pawb yn byw a bod yn ddigon hapus ar y *Gwalia*. Roedd gan bawb ei swydd a dyna pam eu bod nhw'n aros yno, er eu bod nhw bellach yn debycach i deulu nag i gyd-weithwyr. Roedd yna gwmnïau mawr o gwmpas y planedau mwy poblog a gafodd eu darganfod gyntaf ganrifoedd yn ôl. Ar y rheiny roedd y bobl fawr yn byw, a chwnstabliaid llym yn gweithio iddyn nhw. Ond doedd y cwmnïau rheiny ddim yn mentro'n rhy bell at y planedau llai, felly roedd gwasanaeth rhai tebyg i Elan a chriw y *Gwalia* yn werth y byd i drigolion y planedau hynny.

Pan fydden nhw'n glanio, byddai Elan yn dyheu am gael rhedeg ar draws tir gwastad, y peithiau, neu drwy'r coed y ar planedau y byddai'r *Gwalia* yn ymweld â nhw, ond fyddai hi'n gorfod aros i gofnodi'r cargo a gwneud tasgau eraill. Roedd gwneud pethau felly'n saffach na chwarae a chrwydro ar blaned ddieithr, meddai Ari a Dewyrth a'r lleill. Dyna oedd y drefn erioed.

Prin oedd Elan yn gallu cofio cyrraedd y *Gwalia*, ac ychydig iawn o'i hanes ei hun oedd hi'n ei wybod. Roedd rhyw helbul wedi digwydd ar ei phlaned enedigol hi ac roedd Ari, oedd yn ffrind i rieni Elan, wedi addo mynd â hi i rywle saff a gofalu amdani. Bob hyn a hyn dros y blynyddoedd byddai Elan yn gofyn am ei rhieni a'i chartref a chael yr un math o ateb gan bawb; câi hi wybod pan oedd hi'n ddigon hen.

A hithau'n ddeg oed erbyn hyn, roedd hi'n teimlo bod yr amser hwnnw wedi hen ddod. Byddai'n holi cyn bo hir. Rhyw ddydd, pan fyddai'n berchen ar ei llong ofod ei hun, byddai'n mynd i chwilio am y blaned lle cafodd ei magu. Tan hynny, roedd hi'n ddigon hapus fel yr oedd. Roedd hi'n sicr fod plant a oedd yn byw gyda'u rhieni yn gorfod mynd i'w gwelyau yn gynnar a ddim yn cael lladd cocrotsys â gwn pelets. Doedd pethau ddim yn ddrwg o gwbwl arni heblaw fod logio data ar gyfrifiadur ddim hanner mor ddifyr ag y byddai cael mynd ar antur i gasglu metel sgrap o hen longau gofod neu chwilota drwy'r bydysawd am blanedau newydd.

Ond un o'r pethau oedd yn gwasgu fwyaf ar Elan weithiau oedd nad oedd ganddi unrhyw ffrindiau heblaw am griw'r llong. Roedd hynny'n rhannol am ei bod hi'n crwydro cymaint, ond hefyd am nad oedd hi'n cael llawer o hwyl ar hel ffrindiau. Doedd hi ddim wedi erioed. Ond o leiaf roedd Dewyrth yn gwmni iddi ac yn dweud wrthi'n aml, 'Mae'n fwy o hwyl siarad efo ti nag efo'r tomatos, Elan!'

'O! Doctor Jên ddim yma, nacdi?' holodd Elan yn siomedig wrth iddi hi a Dewyrth gyrraedd y ffreutur. Roedd Doctor Jên wastad yn un dda am sgwrs amser bwyd.

'Prysur fel arfer, mae'n siŵr,' atebodd Mel. 'Dy'n ni beirianwyr ddim yn ddigon da i ti, felly?' ychwanegodd mewn llais crand, gan godi ei thrwyn i'r awyr. Dynes fer oedd hi oedd bob amser yn barod i dynnu coes, er bod golwg digon swta arni â'i gwallt byr, byr a'i dwylo garw.

Un dda am adrodd stori oedd Mel hefyd ac roedd Elan wrth ei bodd yn gwrando ar yr hen hanesion fyddai hi a'r lleill yn eu hadrodd yn y ffreutur neu o gwmpas y gwresogydd nwy cyn mynd i'r gwely. Byddai'r hen grwydriaid – y bobl gyntaf i deithio ar draws y gofod – yn cael pob math o anturiaethau anhygoel. Cyn iddyn nhw ddofi'r gofod roedd yna ryw helynt heibio pob seren ac o dan groen pob atmosffer. Hanesion felly, a chwedlau am yr Addawn – y bodau oedd wedi bodoli cyn pobl – oedd hoff straeon Elan.

Trodd Mel a Tom 'nôl at eu platiau metel gan chwerthin a sgwrsio'n isel. Roedden nhw'n eistedd wrth y bwrdd hir a oedd yn ymestyn o un pen o'r stafell i'r llall. Hen ddrws llong ryfel oedd y bwrdd wedi'i weldio i wall bellaf y ffreutur. Cuddiwyd y peiriant bwyd a'r gegin y tu ôl i baneli am fod lle'n brin ac roedd y llestri a'r offer coginio wedi eu clymu i'r silffoedd ar ôl y tro hwnnw pan arafodd Ari'r injan yn rhy sydyn, a thaflu popeth oddi arnyn nhw i bob cyfeiriad. Un tro, fe gafodd Titsh, y technegydd, lygad ddu gan badell ffrio, yna fe gafodd Ari lygad ddu gan Titsh! Roedd y ddau wedi chwerthin am y peth ers hynny, ar ôl sbel o fod yn ddigon pwdlyd â'i gilydd.

Doedd Mel a Tom byth yn bell oddi wrth y naill a'r llall. Anaml iawn y byddai Elan yn gweld y ddau y tu allan i stafell yr injan. Hen beth digon piwis oedd injan y llong ofod ac yn mynnu sylw cyson. Dyna pam fod y ddau'n cysgu bob nos mewn hamocs uwchben yr injan. Weithiau os oedd hi'n oer byddai Elan yn sleifio atyn nhw i ganol stêm cynnes stafell yr injan ac yn gadael i ganu grwndi'r peiriannau ei denu hi at gwsg.

'Sut mae'r llyfrbry?' holodd Tom gan gyfarch Dewyrth. Gwenodd hwnnw a rhoi ei law ar ysgwydd Tom yn y man lleiaf budr.

'Iawn, iawn. Sut mae'r tanwydd yn dal, Tom?' holodd Dewyrth. Ochneidiodd Tom a rhedeg ei ddwylo olewog drwy'i wallt gan wneud iddo sefyll yn flêr ar ei ben.

'Go lew. Hen beth rhad ydi o. Fydd o wedi darfod yn gynt na'r stwff go iawn, a wnaiff o ddim lles i'r injan.'

Cododd Mel a dal dau blât ychwanegol o dan dap y peiriant bwyd. Wrth aros i'r cyntaf lenwi trodd at ei gŵr a gwenu.

'Tom, beth ydw i wedi'i ddweud? Mynd yn hen o flaen dy amser wnei di wrth boeni gormod am bethau.'

'Yn enwedig â ti'n wraig i mi,' atebodd Tom a gwenu'n llydan. Chwarddodd Mel gan rochio a chrychu'i thrwyn, yna ysgwyd ei phen a wincio ar Elan. Cariodd blatiau o fwyd i Dewyrth ac

Elan at y bwrdd gan ofalu peidio â throi'r cynnwys ar ei chrys gwaith er bod hwnnw'n stremps baw ac yn dyllau i gyd.

'Brysia, cyn iddo oeri, Elan fach,' meddai. Ceisiodd Elan wenu wrth estyn ei llwy o'i phoced ond doedd yr uwd arferol ddim yn apelio heddiw. Er ei fod yn llawn maeth, yn rhad ac yn cadw am ddegawdau, roedd y rhan fwyaf o bobl y llongau gofod yn gweld eisiau rhywbeth heblaw 'sdwnsh' yn aml iawn. Undonog oedd o braidd. Dyna pam fod Dewyrth yn cael bod ar y llong – roedd llysiau a ffrwythau'n foethusrwydd yn y gofod ac roedd yn fraint cael garddwr. Digon o fraint i droi un o'r stafelloedd prin ar y llong yn lle iddo gael tyfu'i bethau, er ei fod yn gorfod cysgu yng nghanol y llysiau hefyd.

Ceisiodd Elan ddychmygu bod y blas caserol cyw iâr ar y sdwnsh yn fwy realistig nag yr oedd. Aeth pawb yn ddistaw wrth fwyta wedyn. Doedd dim sŵn ond twrw'r llong a thwrw llwyau'n crafu platiau. Aeth Elan i feddwl am y gwaith oedd o'i blaen hi cyn cysgu – plannu letys, prosesu data ac am sut i berswadio pawb y byddai cath yn ychwanegiad hanfodol i'r criw.

Ar ôl iddi orfodi ei hun i orffen ei sdwnsh, syllodd Elan arni hi ei hun ar gefn ei llwy am sbel a thynnu tafod. Roedd y stumiau'n gwneud i'w thrwyn smwt a'i llygaid tywyll edrych yn rhyfedd, meddyliodd. Cafodd Elan ddigon ar hynny a chodi i roi ei phlât yn y bwced golchi cyn estyn un arall gweddol lân a'i lenwi â bwyd.

'Llwglyd wyt ti?' holodd Tom gan godi ael.

'Na, na, am fynd â bwyd at Ari ydw i,' atebodd.

'Rho gnoc rhag ofn ei fod yn cysgu,' meddai Mel cyn troi 'nôl at ei phlât.

Pan gyrhaeddodd Elan stafell reoli'r llong, nid cysgu oedd Ari ond chwarae'r gêm Pererindod ar y sgrin fawr o'i flaen. Honno oedd y sgrin oedd i fod i ddangos gwybodaeth am systemau'r llong – gan gynnwys a oedd hi am ffrwydro ai peidio. Dadl Ari oedd nad oedd gan y llong hanes o ffrwydro o'r blaen ac felly doedd dim angen iddo edrych ar y sgrin honno drwy'r amser.

Roedd Ari wrthi'n rheoli cymeriad barfog a oedd y gwisgo arfwisg wrth iddo frwydro â'i gleddyf yn erbyn criw o ladron, ond yn cael fawr o hwyl arni hi.

'Yn enw'r Addawn, lladda fe!' gwaeddodd Ari.

Tarodd Elan y plât bwyd ar y consol reoli a

charthu ei gwddw er mwyn iddo wybod ei bod hi yno.

Rhegodd Ari cyn pwyso'r botwm i oedi'r gêm.

'Ti ddim yn cael llawer o hwyl arni, Ari?' holodd Elan wrth gynnig y plât iddo.

Trodd Ari ei gadair a chrafu'r blewiach melyn ar ei ên. Roedd wedi bod yn ceisio tyfu barf ers tro ond heb gael llawer o hwyl arni. Credai y byddai'n edrych yn debycach i gapten go iawn gyda barf. Gan fod ei wallt ychydig yn hir, roedd yn edrych braidd yn flêr er bod ei ddillad wastad yn smart. Ari oedd yr unig un a welodd Elan erioed yn gwisgo gwasgod wrth frwsio'r llawr.

'Na, dwi ddim yn cael hwyl ar bethe heddi,' atebodd. 'Orffenna i fyth y gêm 'ma.'

'Dyw hi ddim i fod yn hawdd, nac'di, Ari,' meddai Elan.

Rhawiodd Ari fwy o sdwnsh i'w geg a gwenu. 'Wel ie, ond mae sens ar fod yn anodd, greda i.'

'Shwt ma'r letys yn dod yn eu bla'n?' holodd wedyn.

'Wrthi'n eu plannu nhw y'n ni.'

'O. Pethe'n mynd yn olreit 'da ti, Elan?' holodd Ari.

'Ydi, wel, heblaw am ambell beth,' atebodd Elan.

'Na, dwyt ti ddim yn cael cath,' meddai Ari gan droi 'nôl at y sgrin.

'O, pam?' cwynodd Elan gan feddwl sut ar y ddaear oedd Ari'n gwybod mai dyna oedd hi ar fin ei ddweud.

'Ma' cadw anifeiliaid yn fusnes drud. Ma' nhw'n drewi, ac ma' 'da ti ddigon o waith yn barod.'

'Dwi'n gwneud gwaith tri, a gwaith cartref hefyd ond mae gen i ddigon o amser i . . .' mentrodd Elan.

'Alli di ga'l mwy o waith, â chroeso,' meddai Ari wrth ailgydio yn y colbio lladron.

'Ac mi fasa cath yn dal llygod ac yn cysuro pobol,' mentrodd Elan.

'Oes llygod 'da ni?'

'Dwi wedi gweld rhai. Rhai mawr yr un maint ag ym . . . moch.'

'Fydd cath ddim lot o iws felly, fydd hi? A ma' llong yn lle rhy beryglus i gath.'

'Byddai 'nghath i'n ddigon clyfar i beidio â chael ei brifo.'

'Fe allet ti ga'l cath dwp, Elan.'

Canodd cloch rybudd drychinebus o uchel i dorri ar y ddadl. Honno oedd y gloch roedd Titsh wedi'i gosod i dynnu sylw Ari o'i chwarae.

Trwy glychau a negeseuon y byddai Titsh yn cysylltu â phawb fel arfer. Doedd o fawr o un am siarad.

Un digon rhyfedd ydi Titsh, meddyliodd Elan. Dod ar y llong ofod i helpu gyda'r ochr drydanol wnaeth o. Ond doedd o ddim yn dod o'i stafell yn aml, felly roedd gweddill y criw ychydig bach yn amheus ohono ar y dechrau. Pan esboniodd Doctor Jên mai felly oedd rhai, roedd pawb yn fwy bodlon wedyn. Roedd Titsh yn cael trafferth deall a thrin pobl, ond roedd yn arbenigwr ar drwsio cyfrifiaduron. Erbyn hyn, roedd pawb yn hoff iawn ohono – yn enwedig am nad oedd yn un i gymryd lol gan Ari.

Cyn i Elan gael cyfle i ailddechrau dadlau am gath gwthiodd Ari'r gwallt o'i lygaid, newid y sgrin i'r un yrru ac ebychu, 'Oho, 'ni wedi cyrraedd!'

'Cyrraedd ble?' holodd Elan.

'Baw Gwartheg.'

'Baw gwartheg?'

'Felly mae baw gwartheg yn iawn ond baw cath
ddim?'

Roedd Ari wrthi'n ceisio glanio y *Gwalia* a'i
dafod allan o'i geg.

'Y?' meddai'r capten wrth droi swits gyda un
llaw a dal y llyw gyda'r llall.

'Ti soniodd am faw gwartheg.'

'Enw'r lle yw Baw Gwartheg, Elan. Dwi ddim
yn mynd i lanio'r *Gwalia* mewn talpyn mawr o
faw gwartheg, ydw i? Paid â bod yn sili.'

'Dyna ydi enw'r lle?' holodd Elan, rhag ofn
fod Ari wedi drysu.

'Ie.'

'Pam?'

'Dim fi enwodd e! Edrych, dinas Baw Gwartheg ar y blaned Mycroft, Elan,' meddai Ari wrth bwyntio at y sgrin.

Sylwodd Elan ar y cyfandir tebyg i siâp S islaw ac roedd y môr o'i amgylch yn biws. Roedd darn o dir ag adeiladau arno yn dod yn nes. At y darn hwnnw yr anelodd Ari'r llong ofod. Daeth Dewyrth i sefyll wrth ochr Elan i weld y sgrin a dechrau esbonio wrthi mai oherwydd ei bod hi'n dymor rhyw algae arbennig roedd y môr yn biws. Piws llachar oedd o hefyd. Glaniodd Ari'r *Gwalia* ymhell o'r môr, ar sgwaryn o dir yng nghanol adeiladau concrid, sgwâr, tebyg i bob man glanio arall. Roedd pobl a gwartheg ym mhob man.

Clywodd Elan mai pobl ddistaw, ddifrifol iawn oedd nifer fawr o bobl Mycroft – rhai a oedd ond yn dweud yr hyn oedd yn rhaid ei ddweud a dim mwy.

'Fel y gweli di, Elan,' esboniodd Dewyrth gyda'i dafod yn ei foch, 'mae gwartheg yn bwysig i drigolion y ddinas hon ac maen nhw mor falch o'r oglau iach ar y strydoedd fel eu bod wedi rhoi'r enw "Baw Gwartheg" i'r lle.'

Heddiw oedd diwrnod y farchnad da byw, ac roedd brefu'r anifeiliaid i'w glywed uwchben sŵn tyrbinau a jetiau glanio sawl llong ofod. Aeth Ari a gweddill y criw ati i ddadlwytho'r nwyddau roedden nhw wedi'u cario o Pwcs, lleuad Arthurfa. Roedd disgyrchiant Pwcs mor isel nes bod Ari wedi gallu cario'r holl lwyth i fwrdd y llong ar ei gefn. Ond gan eu bod nhw bellach ar blaned wahanol roedd yn rhaid i'r criw, a dynes flin yr olwg o'r blaned honno, helpu i wneud hynny gyda throli dadlwytho.

Gwisgai Elan hen siaced siwt dyn busnes, a'r llewys wedi'u torchi a'i godre'n cyrraedd at ei thraed, bron. Roedd gwaith arall ganddi hi i'w wneud ar Mycroft ac wrthi'n rhoi prawf technegol i ddrysau'r lle cargo i weld os oedden nhw'n cau'n iawn oedd Elan pan glywodd hi sŵn traed y tu ôl iddi hi. Trodd i weld dau fachgen yn sefyll yno'n edrych ar enw'r llong. Roedd golwg hŷn na hi ar y ddau ohonyn nhw ac ar eu golwg nhw roedd yn amlwg i Elan mai dau fachgen annifyr oedden nhw.

'Pfft,' meddai'r talaf oedd yn gwisgo trowsus byr a fest oren wrth iddo graffu ar enw'r llong. '*Gwalia*! Am enw hurt ar long ofod!'

Teimlodd Elan ei hun yn cochi ac yn gwylltio. 'A be wyt ti'n wbod am longau?' holodd ac estyn sbaner o'i phoced. 'A fetia i fod gen ti enw gwirion dy hun – enw hurt ar hogyn hurt.'

'Be mae "Gwalia" yn ei feddwl, beth bynnag?' crechwenodd y llall gan wthio'i fodiau o dan strapiau ei ddyngarîs.

Oedodd Elan, roedd hi wedi cael holl hanes yr enw gan Dewyrth a doedd hi ddim am adael i'r ddau yma gael y gorau arni hi. 'Gan eich bod yn gofyn mor garedig fe gewch chi wybod mai hen enw ydi o – enw gwlad.'

Wnaeth hi ddim sôn mai Ari oedd wedi baglu ar draws yr enw flynyddoedd yn ôl, wedi hoffi sŵn yr enw ac mai hi oedd wedi chwilio am yr ystyr wedyn.

'Ha, ha, ha. Enw da ar hen fwced rhydlyd!' gwaeddodd yr hynaf gan wneud i'r ddau chwerthin yn wirion. Roedd rhywbeth yn debyg yn y ddau a'u gwallt golau a'u llygaid gwyrdd a'u ffordd ddigywilydd. Brodyr, mae'n siŵr, meddyliodd Elan, gan benderfynu mai troi ei chefn arnyn nhw oedd orau.

Doedd y brodyr ddim wedi gorffen ei phryfocio eto, gan ddechrau crwydro o gwmpas y llong a chnocio ar y metel a gwneud synau beirniadol. Ceisiodd Elan ddal ati i brofi'r drysau a'u hanwybyddu nhw. Ond pan ddywedodd un

'Gwaelia nid Gwalia ydi enw hen gronc fel'ma i fod' a thaflu cerrig a morio chwerthin, fe wylltiodd Elan a waldio pen-glin y talaf â'r sbaner. Aeth pethau'n flêr wedyn ac ymhen dim roedd y tri'n rholio yn y llwch yn cicio, dyrnu a chripio a thynnu gwallt ei gilydd. Er bod y ddau fachgen yn fwy na hi, roedd Elan yn hen law ar gwffio, roedd ganddi sbaner a theimlai y gallai rhoi crasfa iawn i'r ddau.

Daeth clec gwn i darfu ar y frwydr.

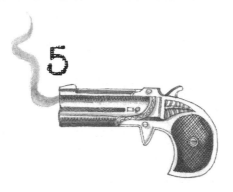

'Oi!' gwaeddodd Ari.

Cododd y ddau fachgen a dianc i lawr un o'r degau o lwybrau a oedd o gwmpas y lle glanio mor sydyn ag y gallen nhw, wedi dychryn am eu bywydau. Gwthiodd Elan ei hun ar ei heistedd a phoeri ar ôl y ddau a rhegi'n uchel, cyn cofio bod Ari o gwmpas. Penliniodd hwnnw wrth ei hochr a'i chodi ar ei thraed.

'Wyt ti'n olreit?' holodd heb sôn dim am y rhegi, chwarae teg iddo.

Er ei bod hi'n dechrau teimlo ambell gnoc, doedd hi ddim am i Ari ffysian.

'Dwi'n iawn.' Yna sylwodd ar y gwn yn llaw Ari. 'Pam oeddet ti'n trio'u saethu nhw? Ro'n i'n rhoi crasfa iawn i'r ddau ben bach.'

Rhoddodd Ari'r gwn yn ôl ar ei felt. 'Codi ofn, nid saethu. Doedd gen i ddim bwledi, dim ond cetris gwag. Ond falle y base'n well i ni fynd am dro rhag ofn i gwnstabl ymddangos.' Ysgydwodd Ari'r llwch oddi ar ei drowsus a dechrau cerdded.

Aeth y ddau drwy'r stondinau amrywiol tuag at y tŵr data ble y byddai Ari'n dosbarthu'r negeseuon roedd wedi eu derbyn gan bobl o blanedau eraill. Er bod rhyngrwyd ar bob planed roedd y cysylltiadau rhyngddyn nhw'n drafferthus ar adegau felly roedd masnachwyr fel Ari'n cario negeseuon am bris rhesymol.

Roedd stondinwyr ar bob ochr o'r stryd yn gwerthu o'u certiau neu o ddrysau eu tai pren a metel sgrap.

'Bwyd 'di ffrio, bwyd 'di ffrio!' gweddodd dyn â hambwrdd yn ei ddwylo.

'Hadau, hadau blodau!'

'Gwifrau gwefreiddiol!' galwodd un arall, a oedd yn amlwg yn falch o'i allu i lunio sloganau.

'Ieir! Diwylliant!'

'Hummus a ramen!'

'Cacen gri! Potas! Swshi!'

'Newyddion!'

'Data!'

'Partiau, trwsio, prynu sgrap!'

'Fferins, moddion, gynnau! Rhywbeth i bawb!'

Aeth y gweiddi yn ei flaen a phobl yn ceisio'u gorau i wthio nwyddau i ddwylo Ari neu i'w hudo gyda hologramau gwerthu. Gadawodd Elan y stondinau bwyd a symud yn ei blaen at stondin arfau amrywiol a theclynnau. Fe allai beiro weldio fod o help garw, meddyliodd, ac fe fyddai hi'n lawer o hwyl gwneud lluniau a sgrifennu'i henw ar loriau a waliau metel y *Gwalia*. Wedi'r cwbwl, roedd ei llechen hi wedi torri ac roedd papur yn brin ac yn ddrud.

'Ydw i'n cael cyflog?' gofynnodd Elan i Ari, yn obeithiol.

'Ti yn cael cyflog? Odw i'n cael rhent ac arian am dy fwydo di?'

'Meddwl prynu ambell beth bach o'n i, Ari.'

'Sothach yw'r stwff hyn i gyd. Fydden i ddim yn rhoi arian i ti brynu fe, hyd yn oed os bydde peth 'da fi.'

Ar ôl bron i awr o wthio heibio pobl daeth Elan ac Ari at y tŵr data yng nghanol Baw Gwartheg. Arhosodd y ddau yn y ciw i gael rhoi'r cofbin, neu'r 'co bach' fel y byddai Dewyrth yn mynnu dweud wrth Elan bob tro gan feddwl ei fod o'n ddigri. Tŵr tal o fetel fel cofgolofn oedd y tŵr data gyda phaneli o gwmpas ei ochrau i bawb allu rhoi eu cofbin yn sownd iddo i rannu neu dderbyn gwybodaeth.

Safodd y ddau yn y ciw o bobl nad oedd yn symud o gwbwl, bron. Ymhen dim roedd Elan wedi cael llond bol ar aros i Ari gyrraedd y tŵr data gan fod cymaint o bobl ara' deg o'i flaen, ond doedd hi ddim am fentro o gwmpas planed ddieithr ar ei phen ei hun, sbaner neu beidio, gan na fyddai hi'n cael dim byd ond ei dwrdio am wneud. Ar ôl oes o aros cafodd Ari le i roi ei gofbin a lawrlwytho negeseuon o'i gyfrif.

Ar yr eiliad honno gan fod ffawd a chyd-ddigwyddiad yr un peth yn aml iawn, cyrhaeddodd hen, hen neges atmosffer Mycroft. Un a oedd wedi dechrau ei thaith yn bell, bell i ffwrdd. Aeth i'r unig le y gallai fynd – at y tŵr data agosaf.

Gwthiodd Ari'r cofbin i un o'r degau o dyllau ar y panel o'i flaen ac aros i'r golau coch arno droi'n wyrdd yn sŵn hymian isel ffan oeri'r tŵr. Mwy o archebion a negeseuon i deuluoedd pell i ffwrdd, meddyliodd Elan. Doedd byth neges iddi hi, wfftiodd. Aeth y ddau yn eu holau i'r *Gwalia*, heibio'r stondinwyr unwaith eto.

Erbyn iddyn nhw gyrraedd 'nôl i'r llong ofod,

roedd pawb yn brysur yn llwytho'r cargo newydd. Gwartheg yn bennaf, a'r rheiny'n stemio ac yn brefu – dau ddwsin ohonyn nhw wedi'u gwasgu i'r howld. Dewyrth oedd wedi arwyddo amdanyn nhw ac roedd yn flew ac yn faw i gyd ar ôl ceisio cadw trefn ar yr anifeiliaid.

'Digon o dail i'r tomatos!' meddai'n siriol trwy ganol y twrw. Gwenodd Elan a mwynhau gwres ac oglau melys y da byw. Fe fyddai'n rhaid eu bwydo nhw nes iddyn nhw gyrraedd pen eu taith. Ond roedd hi'n hoff o anifeiliaid ac roedden nhw'n tueddu i gwyno llai na theithwyr dynol, heblaw eu bod nhw'n creu mwy o waith glanhau, wrth gwrs.

Gadawodd y *Gwalia* blaned Mycroft ar ôl iddi dywyllu, ac erbyn hynny roedd y môr yn olau piwswyn i gyd wrth i'r algae ddeffro. Roedd y tonnau'n llachar ar hyd traethau cyfandir S ac, yn ôl Ari, roedd hi fel golau dydd, bron, ar yr arfordir. Gofynnodd Elan iddo hedfan yn isel dros y tonnau wrth adael, ond roedd amser yn brin a Tom yn cwyno bod tanwydd yn ddrud ar ôl gweld y bil am ail-lenwi, felly bu'n rhaid iddi hi fodloni ar eistedd ac edrych drwy ffenest wrth iddi wibio heibio.

Daeth pawb i weld y cargo newydd yn eu tro. Aeth Tom i'w canol nhw am ei fod wedi'i fagu ar fferm cyn i dwrw peiriannau ei hudo i'r gofod. Piciodd Doctor Jên draw a sgwrsio gyda Dewyrth am dipyn gan bwyso dros y relings a syllu ar y bennau corniog y gwartheg. Mynnodd ei fod yn dod draw am ei brawf meddygol blynyddol yn fuan, ond welodd Elan mohoni'n iawn am ei bod hi wrthi'n cario dŵr i'r gwartheg mewn bwced, ond fe waeddodd 'helô' ati. Fe wnaeth Titsh hyd yn oed droi un o'i gamerâu i syllu ar y gwartheg am ychydig.

Cario dŵr i'r gwartheg o'r tap oedd gwaith Elan drwy'r noson honno. Roedd y gwartheg yn ddigon tawel ac er ei fod yn waith caled, roedd yn waith newydd a gwahanol. Ond doedd rhai pethau ddim yn newid. Petai hi heb arfer cael ei dychryn weithiau, fe fyddai hi wedi gollwng y seithfed bwced pan ganodd larwm. Yn lle hynny, daliodd ati i arllwys y dŵr i gafn y gwartheg cyn dringo'r ysgol fetel at Dewyrth.

'Be sy, Dewyrth?'

Roedd Dewyrth wrthi'n plygu dros sgrin a oedd wedi'i gosod ar y relings.

'Argyfwng, yn ôl Titsh.'

Teimlai Elan ei bol yn clymu fymryn.

'Pa fath o argyfwng?'

'Dal arni, mae'n teipio'r wybodaeth ar hyn o bryd.'

'Dw i ddim yn gwybod pam na fedr o siarad,' meddai Elan.

Er ei fod yn brysur trodd Dewyrth at Elan a dal ei llygaid. 'Ti'n gwbod yn iawn pam.'

Edrychodd Elan ar ei sgidiau. 'Sori,' atebodd.

Trodd Dewyrth 'nôl at y sgrin. 'Difyr,' meddai o dan ei wynt.

'Be?' holodd Elan wrth gythru i weld y sgrin.

'Stô awês.'

'Be?'

'Teithwyr cudd. Fel ar y llongau pren erstalwm.' Tynnodd Dewyrth ei ffon olau oddi ar ei felt. 'Pobol sy'n cuddio ar longau er mwyn cael teithio am ddim. Mi allan nhw gario pob math o afiechydon.'

'Sut rai ydyn nhw? Ydi Titsh yn gwbod?'

'Mae camerâu Titsh yn dal lot o betha. Dau fachgen, un mewn dyngarîs a'r llall mewn fest oren mae'n debyg. Ty'd.'

Estynnodd Elan y sbaner o boced ei throwsus byr a theimlo'n well ar ôl gwneud.

6

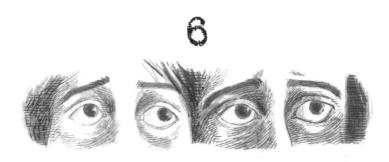

Daeth Ari o hyd i'r ddau ymwelydd annisgwyl yn un o'r twneli lle roedd y gwifrau trydanol yn rhedeg. Wrth iddo godi panel o'r llawr cafodd gic a wnaeth i'w foch chwyddo'n syth. Cafodd Elan gip ar y ddau fachgen, y ddau y bu hi'n ymladd â nhw ar Mycroft, wedi'u gwasgu yn erbyn ochr y twnel. Roedden nhw'n edrych yn fwy budr ar ôl cuddio. Neidiodd y ddau allan a throi eu pennau'n wyllt er mwyn gweld ffordd i ddianc. Sylwodd Elan am y tro cyntaf mai tenau iawn oedden nhw a bod eu dillad yn hen. Cododd ei sbaner. Aeth y ddau fachgen ati i geisio rhedeg ond camodd Dewyrth o'u blaen a'i ffon olau yn ei law. Anelodd olau'r ffon fechan maint can diod at eu llygaid a'u dallu. Wnaeth y ddau ddim ceisio dianc wedyn. Roedd Elan yn siŵr mai am fod y sbaner yn ei llaw hi roedd hynny.

Bellach roedd y ddau'n eistedd a'u pennau i lawr ar fainc yn y stafell feddygol. Roedd Doctor Jên wrthi'n edrych ar y chwydd ar foch Ari tra bod Dewyrth yn cadw golwg ar y ddau fachgen. Eisteddodd Elan gyferbyn â nhw a'i sbaner yn barod.

'Ti'n lwcus, Ari,' meddai Doctor Jên wrth roi ei llechen i lawr a thwtio llewys ei siwmper. Dim ond pan fyddai hi'n canolbwyntio neu'n flin y byddai hi'n eu torchi nhw'n iawn, meddyliodd Elan. Roedd hi'n amau mai siwmper roedd hi wedi'u gwau ei hun oedd amdani, a'i bod yn unigryw drwy'r bydysawd gan fod y patrymau ieir ac offer meddygol arni.

'Odw i?' holodd Ari gan wingo rhyw fymryn.

'Wyt, y babi. Mi alla hi fod wedi bod yn waeth o lawer.'

Clymodd Doctor Jên ei gwallt hir, arian yn ôl cyn edrych ar y ddau fachgen. Roedd yr un yn y dyngarîs yn sniffian crio. Mae'n rhaid, meddyliodd Elan, fod Doctor Jên am ganolbwyntio go iawn os oedd hi'n clymu ei gwallt a thorchi ei llewys.

'Mi fydd yn rhaid i mi weld y ddau yma ar ôl i ti gael gair efo nhw, Ari.'

'I be? Eu taflu nhw allan drwy'r drws cargo i'r gofod a'r gwacter mawr sydd isio!' meddai Elan yn bendant. Gwingodd y ddau. Trodd Dewyrth ati'n chwyrn.

'Elan!'

'Y llong ofod 'ma'n ddigon da i chi rŵan, ydi'r penna bach?' holodd hi'n chwyrn gan sefyll a chodi'r sbaner. Symudodd y ddau 'nôl fymryn bach.

'Elan,' rhybuddiodd Dewyrth yn ddistaw gan wneud i Elan deimlo'n wirion ac yn boeth i gyd.

'Wel, maen nhw 'di brifo Ari a fi! Stô awês y'n nhw. Hen fwcad rydlyd alwon nhw'r *Gwalia* o'r blaen, yndê! Mi fyddai pobl felly'n cael eu crogi erstalwm, medda chi, Dewyrth.'

Cododd yr hynaf o'r ddau fachgen ei ben ac edrych ar Dewyrth. Gwelwodd. Safodd Ari ar ei draed a cherdded at y ddau.

'Howld on! Ai gyda'r rhain oeddet ti'n ymladd ar blaned Mycroft, Elan?'

'Ia, ro'n nhw'n dweud pethau cas am y *Gwalia*.'

'Reit! Y blaned nesa, fe fyddai'n eu gollwng nhw 'da'r cwnstabliaid,' mynnodd Ari.

'Na!' gwaeddodd yr hynaf. Roedd y bachgen iau yn y dyngarîs yn dal i wneud dim byd ond syllu'n fud ar y llawr.

'Ari,' meddai Doctor Jên gan roi ei llaw ar fraich y capten ac amneidio arno i ddod allan i'r coridor. Aeth Dewyrth gyda nhw hefyd gan daflu golwg 'bihafiwch' i gyfeiriad y ddau fachgen wrth adael.

Aeth hi'n ddistaw iawn yn y stafell feddygol wedyn. Rhoddodd y bachgen talaf ei fraich o amgylch ysgwydd y llall a'i wasgu ato. Roedd Elan yn dal yn flin â'r ddau ond roedd hi'n teimlo fymryn yn llai fel eu colbio nhw erbyn hyn. Meddyliodd am fynd i wrando ar sgwrs y lleill wrth y drws ond doedd hi ddim am i'r ddau yma ei gweld hi'n gwneud hynny.

'Mae'r ddau ohonoch chi mewn tipyn o helynt,' meddai Elan.

'Dim ond isio lle i aros oedden ni. Mynd o le i le y'n ni – does gynnon ni ddim cartre.'

Ar ôl rhyw ddeng munud o drafod, daeth gweddill y criw yn eu holau. Roedd y chwydd ar wyneb Ari wedi dechrau mynd yn dywyll. Sythodd y ddau fachgen, sychodd yr un lleiaf ei ddagrau a sniffian.

'Reit te,' meddai Ari, yn llym. 'Tase fe lan i fi

fyddech chi'n mynd i'r gell gosbi nesa ni'n cyrraedd, a fydden i byth yn eich gweld chi 'to!'

Edrychodd y ddau fachgen ar ei gilydd yn ofnus.

'Ond . . .' oedodd Ari'n anfoddog, 'ond yn un peth, dyw'r mater ddim lan i fi, gan fod pob aelod hŷn o'r criw yn cael dweud ei ddweud. Y ffactorau pwysicaf yw arian ac amser. Nawr, os y'n ni am fynd â'r gwartheg sy'n yr howld drwy'r gofod at eu perchennog newydd mewn pryd, does dim amser i lanio ar unrhyw blaned arall.'

Trodd y ddau fachgen at ei gilydd eto, erbyn hyn yn edrych yn fwy gobeithiol.

'Mae rhai o'r criw,' ychwanegodd Ari, 'o'r farn y dylech chi gael cyfle i brofi eich bod chi'n fodlon gweithio am eich lle ac na ddylwn i'ch cau chi mewn tanc gwastraff gwag a dechre'i lenwi e. Ma' digon o waith yma i chi, felly ffeindwch e.'

Ac aeth Ari allan drwy'r drws.

'D-diolch,' meddai'r bachgen yn y fest oren, cyn rhoi'i ben i lawr drachefn.

Daliodd Doctor Jên lygaid Dewyrth ac amneidio arno yntau i adael. Aeth hwnnw at Elan a'i harwain o'r stafell feddygol gerfydd ei hysgwyddau cyn iddi hi gael llawer o gyfle i wrthwynebu.

'Fedrwch chi'm gadael y ddau wyllt 'na efo Doctor Jên, siŵr!' protestiodd Elan ar ôl i'r drws gau'n sownd y tu ôl iddi hi. Safodd yn y coridor a phlethu'i breichiau.

Gwenodd Dewyrth rhyw hanner gwên cyn dweud, 'Dwi wedi gweld Jên yn mynd i dafarndai na faswn i'n meiddio mynd iddyn nhw ar blanedau sydd ar gyrion y mapiau, a dod allan nid yn unig yn fyw ac yn iach ond fel arfer â mwy o bres nag oedd ganddi hi'n mynd i mewn. Felly mi fydd hi'n iawn.'

Dechreuodd Dewyrth gerdded tuag at y stafell dyfu pethau a'i wely.

'Dwi ddim isio nhw yma!' meddai Elan, yn uwch nag yr oedd hi wedi'i fwriadu.

Safodd Dewyrth a throi ar ei sawdl. 'Mae hynny'n berffaith amlwg. Ond does gan yr un o'r ddau frawd, druan, le i fynd. Mae pawb yn haeddu cyfle teg, Elan. A chyn i ti ddweud dim, nid darllen llyfrau sy wedi rhoi'r syniad yna i mi ond byw yng nghanol pobol. Mae pawb yn yr un cwch.'

'Ond mi wnân nhw ddifetha popeth, Dewyrth.'

'Mi wnân nhw newid ambell beth, gwnân, ond tydi newid petha ddim yn eu difetha nhw bob amser, sti,' atebodd yn bwyllog

Trodd Elan am ei stafell wely heb ddadlau mwy. Doedd hi heb bwdu'n iawn ers sbel ac roedd hi am wneud yn iawn am hynny heno.

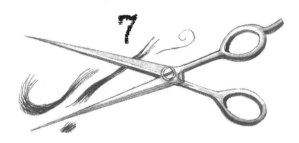

Treuliodd Elan fwy o amser nag arfer yn ei stafell yn ystod y diwrnodau canlynol. Yn ôl y sôn, hen gwpwrdd offer oedd ei stafell wely hi cyn i Elan ymuno â chriw'r *Gwalia*. Ar ôl cau'r drws, doedd dim ond hyd braich rhwng y gwely a phen draw'r stafell, ond doedd dim llawer o ots ganddi am hynny.

O dan y gwely roedd Elan yn cadw'i bocs trysorau, oedd yn llawn manion oedd yn bwysig iddi – cerrig a chregyn difyr, ychydig o arian, llun o bawb yn sefyll y tu allan i'r *Gwalia* a gafodd ei dynnu flynyddoedd yn ôl, tocyn i barc anifeiliad a phethau eraill a gasglodd ar ei theithiau.

Uwchben ei gwely wedyn roedd rhaffau oedd yn arwain at silff yn agos at do'r cwpwrdd offer. Yno y byddai'n eistedd pan fyddai hi am gael llonydd. Roedd hi wedi casglu ambell beth wrth deithio drwy'r gofod – goleuadau bach, lluniau o lefydd braf, hen bacedi bwyd lliwgar – ac wedi'u gosod nhw ar y waliau er mwyn gwneud y stafell yn fwy cartrefol.

Pan oedd y llong rhyw hanner ffordd at y blaned Kansas, cartref newydd y gwartheg, aeth Elan at Doctor Jên i gael torri'i gwallt. Roedd yn gas ganddi dorri ei gwallt ond roedd Jên yn gwybod sut i drin siswrn ac yn un dda am sgwrs a doedd Elan heb gael un o'r rheiny ers sbel.

Wrth i Elan gerdded i mewn, daeth Jên allan o'r tu ôl i'r llenni lle roedd ei gwely hi ym mhen pella'r stafell gan blygu ei phen am ei bod hi mor dal. Roedd hi wedi mynd i fwy o drafferth i addurno'i stafell na phawb arall ar y llong ofod, felly roedd y stafell feddygol yn gartrefol, gyda blancedi a chlustogau ym mhobman. Er nad oedd galw mawr am wasanaeth meddyg ar y *Gwalia*, roedd hi'n gysur cael un yno rhag ofn, yn enwedig am ei bod hi hefyd yn gweu sanau i bawb.

'O'r diwedd, Elan! Mae'n hen bryd i ti gael

trefn ar dy wallt, ti'n edrych fel taset ti wedi bod yn cysgu yng nghanol y gwartheg 'na.'

'Pw, naddo!' chwarddodd Elan. 'Dwi'n lecio gwartheg ond maen nhw'n drewi gormod i gysgu yn eu canol nhw.'

'Ty'd i eistedd.' Rhoddodd Jên ei gwallt ei hun i fyny a gosod cadair yng nghanol y stafell o dan y golau. Torchodd lewys ei siwmper – un goch gyda llun cwningen wedi'i bwytho arni. Eisteddodd Elan a chydiodd Jên yn ei siswrn.

'Ga i liwio fo'n goch tro 'ma?' holodd Elan er mwyn pryfocio, yn fwy na dim.

'Ac i be faset ti am liwio dy wallt yn goch?' holodd Jên wrth estyn drych a chrib at y siswrn wrth ganu o dan ei gwynt.

'Wel, mae dy wallt di'n arian ac yn ddel, ond mae coch yn ddelach.'

Gosododd Jên y drych o flaen wyneb Elan ac fe aeth ati i dynnu stumiau.

'Paid â gwneud wynebau hyll rhag ofn i'r llong droi'n sydyn. Wedi mynd yn llwyd mae 'ngwallt i,' atebodd Jên.

'Pam? Ti'm yn hen, fel Dewyrth.'

'Dyw Dewyrth ddim yn hen, ac er 'mod i dipyn yn ieuengach nag o, mae pethau fel'na yn y genynnau. Paid â bod yn ddigywilydd.'

'Dwi ddim, chwilfrydig ydw i, medda Dewyrth.'

Chwerthin wnaeth Jên a dal ati i snipio â'r siswrn. Gwyliodd Elan ei gwallt yn disgyn fel plu eira du.

'Fetia i fod gan y bechgyn 'na chwain,' meddai Elan ar ôl munud neu ddau.

Ochneidiodd Jên. 'Does ganddyn nhw ddim. Na salwch chwaith. Yr unig beth oedd yn bod arnyn nhw oedd diffyg bwyd. A does 'na ddim byd yn bod ar gael chwain chwaith. Pan ddaeth Dewyrth yma gynta roedd ganddo lond pen ohonyn nhw.'

'Go iawn?'

'Oedd. Wedi bod yn y slyms ar blaned Elfira oedd o.'

'O.'

Cribodd Jên ffrinj Elan dros ei llygaid.

'Dwi'n cymryd nad wyt ti'n hoffi'r bechgyn, felly?'

'Dwyt titha'm yn hoffi bechgyn chwaith, Jên.'

'Pam wyt ti'n meddwl hynny?'

Poerodd Elan flew o'i cheg.

'Ari soniodd. Ond fedra i ddeall pam nad wyt ti'n hoffi hwnnw, mae o'n rêl swnyn weithia.'

Chwarddodd Doctor Jên yn uchel. 'Elan fach,

paid â newid wir. Does gen i ddim byd yn erbyn bechgyn na dynion, a does gen i ddim llawer i ddweud o'u plaid nhw, chwaith. Dwi'n iawn ar fy mhen fy hun. Paid ti â phoeni.'

'Beth bynnag, sôn o'n i fod y bechgyn yna'n niwsans,' mynnodd Elan.

Ochneidiodd Doctor Jên eto.

'Rho gyfle i Milo a Rob, druan, wir. Maen nhw'n haeddu hynny.'

'Ond dwi'm yn 'u lecio nhw!'

'Tria, wir. Fe gei di weld. Mae Milo a Rob yn iawn.'

'Hy! Iawn? Wnaethon nhw ymosod arna i!'

Estynnodd Jên y drych a'i ddal fel bod Elan yn cael gweld cefn ei phen. 'Elan, fe weles i be wnest ti a dy sbaner i'r ddau hefyd. Dyw taro pobol â sbaners ddim yn glên iawn.'

'Do'n nhw ddim yn glên iawn i mi, chwaith,' mwmialodd Elan.

'Mae'n anodd crwydro rhwng planedau heb deulu, fel wyt ti'n gwybod, felly tria'u helpu nhw. Maen nhw wedi dy helpu di drwy wneud llawer o dy waith di, yn do?'

Roedd yn rhaid i Elan dderbyn bod hynny'n berffaith wir, roedd hi wedi mopio llai o lawer o loriau yn ddiweddar. Gwingodd wrth i Jên gosi cefn ei gwddw â'r brwsh blew mân.

Amneidiodd Jên ar i Elan godi a throi yn ei hunfan.

'Mi wnei di'r tro am fis bach eto rŵan. A nag oes, does dim rhaid i ti fod yn garedig ac yn rhesymol gyda phobol ond mae pawb call yn dewis bod. Rŵan, dos o 'ma wir, mae'n rhaid i mi frwsio'r llawr.'

Aeth Elan allan o'r stafell feddygol i'r unig le roedd hi'n siŵr na fyddai'n gweld Milo a Rob, sef stafell Capten Ari. Disgwyliodd weld hwnnw o flaen ei sgrin fawr yn colbio lladron i gael gwared ar fymryn o'i wylltineb, gan ei fod yntau'n ddigon blin yn ddiweddar. Ond ar ôl agor drws ei stafell, gwelodd nad hynny oedd Ari'n ei wneud o gwbwl ond rhywbeth mwy diddorol o lawer.

8

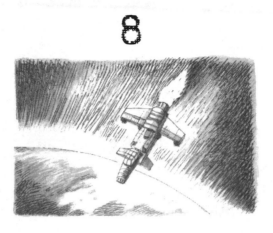

Roedd golau'r stafell reoli'n isel ac roedd Ari'n syllu ar restr ar y sgrin o'i flaen. Edrychodd Elan yn agosach a gweld mai rhestr o'r negeseuon a lawrlwythodd i'w gofbin ar blaned Mycroft oedd yno.

'Be sy gen ti, Ari?'

Ochneidiodd Ari a chrafu'i ên. 'Sylwes i fod y cofbin bron yn llawn pan ddes i ag e 'nôl i'r *Gwalia*. Roedd llawer mwy o ddata arno fe na ddylai fod, a phan agores i'r ffeiliau, weles i hwn.' Pwysodd Ari fotwm a newidiodd yr olygfa ar y sgrin a dechreuodd fideo chwarae. O'u blaen roedd stafell beilot henffasiwn gyda chonsol a llyw a ffenest fawr yn y cefndir. Roedd papurau ymchwil, ambell lechen a lluniau ym mhobman. Sylwodd Elan fod dyn tegan bach plastig, y math y byddai plant yn arfer chwarae ag o, ar y consol. Daeth dyn go iawn i sefyll o flaen y camera – dyn canol oed, tybiodd Elan – a golwg wedi blino arno.

'Fy enw i yw Reiter . . . y . . . Hans – yr Athro Hans Reiter o Brifysgol Vienna Newydd – ar long ofod yr *Ethser*. Mae fy ymchwil wedi fy arwain i at blaned, yr hon sydd y tu ôl i mi. Planed na ddylai, yn ôl bob tebyg, fodoli, ond dyma hi.' Dechreuodd y camera lithro ac fe estynnodd yr Athro Hans tuag ato a'i sythu. Daeth y llun yn wastad eto. 'Dyma fo, ei lleoliad hi.' Dangosodd lechen â rhifau arni. Mae'n debyg, meddyliodd Elan, mai rhifau oedd yn dangos lleoliad y blaned ar fap sêr oedden nhw. Sylwodd Elan fod y rhifau eisocs wedi'u hysgrifennu ar law Ari.

'Roeddwn i'n iawn, dyma brofi hynny, roedd fy theori i'n iawn.' Gwenodd Hans am ennyd cyn i sŵn clec yn y cefndir suro'i wyneb. 'Rydw i mewn trybini, dwi'n cael fy nhynnu o gyrion atmosffer y blaned at ei hwyneb. Ond mae hynny'n profi ei bod hi'n bodoli! Nid chwedl . . .' edrychodd ar rywbeth y tu draw i'r camera.

'Does gen i ddim llawer o amser ar ôl, ond byddwch yn ofalus, da chi, mae –'

Tawelwch. Llanwodd y sgrin â golau melyn rhyfedd. Teimlodd Elan ei hun yn oeri.

'Mae'r neges wedi'i thorri'n fyr,' meddai Ari. 'Ond roedd hi'n hen ac mae'n wyrth iddi gyrraedd o gwbwl.' Pwysodd fotwm ar ei gadair i alw'r criw i'r stafell reoli cyn chwythu drwy'i ddannedd. Aeth Elan i eistedd mewn cornel a'i lond o wifrau o'r ffordd er mwyn clywed beth fyddai adwaith y lleill i'r neges.

Aeth popeth yn wyllt yn y stafell reoli wedyn. Daeth pawb, heblaw'r ddau frawd, yn eu tro i weld y fideo ac fe gafodd honno ei chwarae dro ar ôl tro. Dywedodd Dewyrth y drefn wrth Ari am adael i Elan weld y fath beth. Er bod Elan wedi gweld pethau llawer gwaeth, roedd yn dal i'w dychryn hi rywsut. Roedd rhywbeth yn ei tharo'n rhyfedd yn y modd roedd y blaned yn closio at yr *Ethser* yn ara deg drwy'r ffenest, fel petai'r blaned yn sleifio tuag at y llong ofod.

Aeth pawb ati i drafod beth i'w wneud wedyn. Oedd y neges yn un go iawn? Oedd, yn ôl pob tebyg. A ddylid gwneud rhywbeth? Roedd Dewyrth o'r farn mai cysylltu â'r Cwnstabliaid fyddai orau, ond roedd Ari yn gyndyn o wneud hynny rhag iddo gael helynt. Anaml iawn y byddai negeseuon o'r fath yn cael eu clywed; roedd o'n ddigon i ddychryn rhywun.

Roedd un peth yn siŵr, roedd y dyddiad ar y fideo yn dangos ei bod yn hen iawn a doedd yna fawr o obaith y byddai'r Athro Hans yn fyw o hyd. Dadleuodd Ari y gallai fod ganddo deulu ac y byddai unrhyw wybodaeth o gymorth iddyn nhw, a bod yn rhaid ymchwilio. Roedd hi'n amlwg fod Ari eisiau chwilota am y blaned ac yn chwilio am resymau i fynd i ddatrys dirgelwch oedd wedi cael gafael arno fo. Dywedodd Ari hefyd y dylai geisio gweld be oedd darganfyddiad Hans, rhag ofn ei fod yn werth arian.

Chafodd Elan fawr o hwyl ar gyfrannu – roedd pawb yn tueddu i siarad drosti neu dros ei phen. Felly, penderfynodd hi fynd am ei gwely. Ond chysgodd hi fawr ddim, serch hynny, am fod y blaned yn mynnu dod yn nes bob tro roedd hi'n cau ei llygaid.

9

Ymhen ychydig ddyddiau cafodd y gwartheg a gasglwyd gan y *Gwalia* eu dadlwytho ar ransh lychlyd ar y blaned Kansas. Roedd criw o ddynion ar gefn ceffylau yno'n disgwyl i'r *Gwalia* lanio ar ddarn o dir agored sych, er mwyn gallu hel y gwartheg yn ddiogel i gorlan. Yr hynaf o'r dynion yma, hen ŵr â phen moel oedd yn sgleinio pan fyddai'n tynnu'i het gantel lydan oddi ar ei ben i sychu chwys, oedd y dyn â'r arian. Hwnnw oedd y pwysicaf felly, a gyda hwnnw y bu Ari'n siarad ar ôl dod allan o'r *Gwalia*. Planed boeth oedd Kansas, ac ar ôl rhedeg ar ôl yr ieir oedd o gwmpas y lle, aeth Elan i eistedd yng nghysgod y llong ofod. Roedd y ddau frawd, Rob a Milo, wedi bod yn crwydro o gwmpas yn yr haul hefyd, ond fe gadwodd Elan yn ddigon pell oddi wrthyn nhw.

Roedd y brodyr wedi cael gwaith anodd a diflas ar y *Gwalia* yn ystod y daith draw yno, yn cynnwys glanhau lloriau'r llong ofod. Doedd rhai o'r coridorau erioed wedi gweld mop, heb sôn am hylif glanhau, ond dros gyfnod o dridiau aeth y ddau ati i sgwrio'r cyfan. Buan y daeth Tom a'i wraig Mel yn ffrindiau â nhw gan fod gan y ddau ifanc ddiddordeb mewn injans ac wedi dysgu ambell beth am sut i'w trin nhw cyn dod ar fwrdd y *Gwalia*. Er i Elan hanner gobeithio y byddai'r ddau yn camfihafio, wnaethon nhw ddim byd ond helpu a bod yn gwrtais â phawb.

Go drapia nhw, meddyliodd Elan, maen nhw'n gwneud y gwaith heb gwyno a heb dorri'u calonnau ac maen nhw'n dechrau cael canmoliaeth. Sylwodd, serch hynny, fod camerâu Titsh yn dal i'w dilyn nhw. Doedd o, felly, ddim yn ymddiried llawer ynddyn nhw, fwy nag oedd Elan. Treuliodd hithau ei dyddiau nesaf yn helpu Ari neu Dewyrth neu yn pwdu yn ei stafell wely, ond dechreuodd sylweddoli nad oedd hi'n rhan o'r bwrlwm oedd wedi codi ers i bawb wylio fideo'r Athro Hans ac roedd yn rhaid iddi gael bod yn rhan o hynny.

Aeth Elan o amgylch aelodau'r criw – heblaw am y brodyr – yn casglu gwybodaeth. Roedd Capten Ari'n benderfynol o fynd i chwilio am 'blaned Hans' ond roedd Doctor Jên a Dewyrth yn poeni am ddiogelwch pawb, yn enwedig y plant, petaen nhw'n teithio yno. Teimlai Dewyrth a Doctor Jên mai helynt y byddai'n dod o ysfa Ari i ddilyn cyfarwyddiadau rhyw athro hanner call at blaned ddirgel yng nghanol nunlle. Fe aeth hi'n ffrae ond fe lwyddodd Ari i berswadio pawb mai gwell fyddai cael golwg ac addawodd fod yn ofalus. Gallai'r criw roi planed ar y map ac os oedd dyn wedi colli ei fywyd i fynd yno yna mae'n rhaid fod rhywbeth ar y blaned o werth mawr, ac roedd arian yn brin ar y *Gwalia*. Esboniodd hefyd fod y *Gwalia* yn llong llawer mwy soffistigedig a saffach i'r criw nag un Hans. Roedden nhw'n brin o waith ac y byddai cael golwg dros ran newydd o'r gofod yn fodd o chwilio am fwy o hwnnw. O ddipyn i beth, llwyddodd y capten i berswadio criw.

Er iddi glywed llawer o sgyrsiau roedd Elan yn gwybod fod yna bethau ddim yn cael eu dweud hefyd ac y byddai ambell sgwrs yn dod i ben wrth iddi hi ddod o fewn clyw. Serch hynny, penderfynodd beidio â holi gormod rhag i Ari newid ei feddwl; yn bendant roedd hi am weld 'planed Hans'. Aeth ati i sleifio'n ddistaw ar hyd y coridorau gan obeithio clywed sgwrs, ond chlywodd hi ddim byd o werth. Bellach, roedd meddwl pawb ar adael y blaned Kansas.

Cododd y *Gwalia* i'r awyr gan ddychryn yr ieir a chwipio het yr hen ŵr oddi ar ei ben. Trodd Ari drwyn y llong ofod tua'r gwacter mawr uwchben a golwg benderfynol ar ei wyneb. Roedd y rhifau lleoliad map a ddangosodd yr Athro Hans yn ei fideo mewn ardal bell o bob man na fyddai neb ond smyglwyr a dihirod yn trafferthu mynd drwyddi. Rhybuddiodd Ari y byddai'n well i bawb baratoi am frwydr rhag ofn i bethau fynd yn flêr efo troseddwyr a allai fod wrth eu bodd yn cael gafael ar long hyd yn oed un flêr fel y *Gwalia*.

Yn ystod y daith at 'blaned Hans' aeth Elan heibio Tom a Mel ar ôl gwneud yn siŵr nad oedd neb arall yno. Stafell hir, denau oedd stafell yr injan gyda'r injan yn rhedeg ar ci hyd bron. Edrychai honno fel silindr mawr du wedi'i gorchuddio gan beipiau a falfiau a sgriniau cyfrifiadur. Dyma stafell futraf a mwyaf swnllyd y *Gwalia* ond roedd yna hwyl i'w gael yno weithiau a digonedd o bethau difyr.

'Tom? Mel?' gwaeddodd Elan uwchben sŵn y peiriannau.

'Helô!' daeth llais Tom drwy'r stêm a gwelodd Elan ei fod o'n hongian dillad i sychu ar wifren a oedd yn rhedeg o'r wal at yr injan.

'Dim ond ti sy 'ma Tom?' holodd Elan wrth fynd ato gan ofalu i beidio a throi'r bocsys o sgriwiau a manion eraill.

'Na,' meddai Tom wrth osod y crys olaf cyn codi ei ben ac edrych o'i gwmpas 'Mel!' gwaeddodd.

Atebodd Mel o rywle uwch eu pennau a gwelodd Elan hi'n llithro i lawr ysgol ym mhen pella'r stafell.

'Be?' holodd wrth gerdded tuag atyn nhw gan sychu ei dwylo ar gadach, yna gwelodd Elan. 'Haia Elan. Newydd fod yn trwsio'r pwmp dŵr yfed ydw i rŵan am fod mwy o ddefnydd arno diolch i'r ddau ymwelydd newydd.'

Gwelodd Tom nad oedd sôn am y brodyr yn plesio a cheisiodd newid y pwnc. 'Estyn y bocs tŵls acw i mi, Elan,' meddai, a bu'r tri'n sgwrsio wrth drwsio tanc ocsigen un o'r siwtiau gofod rhag ofn y byddai'n rhaid defnyddio un ar frys.

'Mae'n rhaid i ni ddilyn y cyfeirnodau gafodd

Ari o'r neges fideo 'na, beryg,' meddai Tom wrth ddal ei law allan i dderbyn sgriwdreifar gan Elan.

'Dyna ddywedodd o, yndê,' ychwanegodd Mel, er nad oedd hi'n ymddangos yn hapus iawn am y peth.

Daeth saib wedyn, yna aeth Mel i drafod y bechgyn eto.

'Swil ydi'r brodyr, Elan.'

'Dwi'm yn lecio nhw, peidiwch chi â thrio'n mherswadio fi fel pawb arall.'

Rhoddodd Tom un troad olaf i sgriw cyn ochneidio. 'Iawn Elan, gwna di fel y mynni di.'

'Ia, mi wna i, ym, dwi wedi gaddo helpu Ari.' Doedd Elan ddim am glywed rhagor am y 'brodyr' bondigrybwyll.

'Diolch am helpu,' meddai Tom wrth fynd i gadw'r twls, ond roedd Elan eisoes wedi mynd.

Ar ôl cyrraedd y stafell reoli cafodd Elan y dasg gan Ari i bwyso botymau penodol i rwystro'r injan rhag gorboethi. Roedd Elan yn amau mai eisiau ei chadw'n brysur oedd o ond doedd dim ots ganddi am hynny.

Tua chwarter awr cyn bod disgwyl iddyn nhw gyrraedd y blaned, daeth Dewyrth i'r stafell reoli a hebrwng Elan oddi yno.

'Be sy, Dewyrth?' holodd Elan.

'Mynd â ti i'r bad achub ydw i.'

'I be?'

'Rhag ofn,' atebodd Dewyrth mewn llais llai cynnes nag arfer wrth annog Elan yn ei blaen.

Llong ofod arall oedd y bad achub, mewn gwirionedd, ond ei bod yn fach, yn dywyll ac yn drewi fel stafell newid tîm rygbi. Dim ond un rheswm sydd i fynd i'r fath le anghynnes, meddyliodd Elan, gan deimlo'i bol hi'n cloi wrth i bili palas antur droi'n nadroedd ofn y tu mewn iddi. Safodd yn y coridor wrth ymyl drws y bad a gwrthod symud nes i Dewyrth droi ac edrych arni hi.

'Ydi'r *Gwalia* mewn peryg?' holodd gan wneud yn siŵr ei bod yn dal llygaid Dewyrth. Y gwir oedd hi am ei gael ganddo, nid un o'i storïau. Plygodd Dewyrth ar ei liniau yn ôl ei arfer pan fyddai am ddweud rhywbeth mawr.

'Yr ateb i dy gwestiwn di ydi "o bosib". Ry'n ni mewn sefyllfa nad y'n ni'n ei deall yn iawn.'

'Pam?'

'Dy'n ni'n gwybod dim oll am y "blaned Hans", Elan. Fy nyletswydd ydi dy gadw di'n saff. Mi ddylen ni fod yn iawn. Rŵan am y bad 'na, dim lol! Ry'n ni ar fin cyrraedd.'

10

Agorodd Dewyrth ddrws y bad achub a hebrwng
Elan i mewn a chau'r drws arni eto. Dim ond un
stafell fach hirgron, dywyll oedd y bad. Teimlai
Elan fel petai mewn tun bwyd. Damiodd wrthi ei
hun ac yna clywodd dwrw rhywun yn chwythu'i
drwyn. Wrth i'w llygaid gynefino â'r tywyllwch,
gwelodd ddau siâp ym mhen arall y bad. Siapiau
dau fachgen. Roedd un yn sychu'i drwyn ar
hosan.

'Hoi!' gwaeddodd Elan a cheisio agor y drws,
er ei bod hi'n gwybod mai ond o'r tu allan
roedd yn bosib ei agor tra oedd y bad yn sownd
wrth y *Gwalia*. Aeth pethau'n ddistaw nes i
lais ddweud:

'Ro'n ni'n rong am y *Gwalia*,' meddai llais un o'r brodyr. Wnaeth Elan ddim trafferthu ateb.

'Rob sy'n siarad,' meddai'r bachgen eto. 'Ac mae Milo, fy efaill, gyda fi.'

Edrychodd Elan ar y ddau. Doedd yna ddim golwg rhy hapus ar Milo, chwaith. Aeth popeth yn ddistaw eto.

'Ia, mi fedra i eich gweld chi yn iawn, dim rhyfedd fod y bad 'ma mor ddrewllyd,' meddai Elan wedyn, am fod rhaid iddi ddweud rhywbeth.

Gwenodd Rob. 'Elan, mae'n ddrwg gan y ddau ohonon ni am fod yn gas am y *Gwalia* . . .'

Rhoddodd edrychiad Elan daw arno. Aeth pawb i feddwl am rywbeth i'w ddweud wedyn. Teimlodd Elan y buasai'n waeth iddi hi ymddiheuro rŵan ddim er mwyn cael diwedd ar y mater.

'Wel, dwi'n sori hefyd am eich taro chi â sbaner, a'ch cicio chi, a'ch brathu.'

Nodiodd Rob a chodi ei law at ei glust. 'Y brathu oedd waetha.'

'Wel, sori.'

Crafodd Milo ei drwyn cyn dweud, 'Pawb wedi dweud sori; da iawn. Gawn ni ddistawrwydd rŵan, plis?'

Hen beth blin oedd Milo yn amlwg, ond doedd hynny ddim am atal Elan rhag holi.

'Y'ch chi'ch dau'n gwbod be sy'n digwydd?'

Cododd Rob ei ysgwyddau gan awgrymu nad oedd o'n gwybod dim, ond roedd golwg anniddig ar Milo.

'Milo?' holodd Elan.

'Ti'n gwybod rhywbeth?' holodd Rob wrth godi ar ei draed mewn syndod.

Gwnaeth Milo ryw sŵn yn ei wddw. 'Falla.'

Gwylltiodd Elan. 'O? Be ma "falla" i fod i feddwl?'

Ochneidiodd Milo.

'Be wyt ti'n meddwl ti'n wybod 'ta?' holodd Elan eto wrth droi at Milo.

'Wel, meddwl o'n i. Roedd Ari'r Capten a Tom y peiriannydd yn trafod rhyw ddyn o'r enw Hans, a ro'n i wedi clywed enw'r boi yna o'r blaen, felly dyma fi'n chwilio am yr enw mewn hen gofnodion ar y blaned Kansas pan o'n ni yno. Mi ges i ddefnyddio llechen un o'r ffermwyr oedd yn casglu'r gwartheg. Roedd yr Hans 'ma'n wyddonydd ac wedi bod yn gweithio gydag archeolegwyr hefyd, ond ei fod o braidd yn od, medden nhw.'

Chwarddodd Elan. 'Ti'n mwydro.'

Plethodd Milo'i freichiau a gwthio'i hun yn ddyfnach i'w gadair. 'Os wyt ti ddim isio gwbod mwy, yna mi wna i gau 'ngheg.'

Oedodd Elan. 'Sori,' meddai.

'Mae o wedi diflannu ers blynyddoedd, mae hynny'n ffaith, a mae yna rai'n sôn ei fod o wedi ffendio rhywbeth pwysig ac mai dyna pam y diflannodd o.'

'Dyna oedd yn y fideo,' meddai Elan dan ei gwynt.

'Fideo?' holodd Milo.

Wrth gwrs, doedd y brodyr ddim wedi cael gweld y fideo, cofiodd Elan. Aeth hi ati i esbonio beth welodd hi ar y sgrin yn stafell reoli Ari, gan obeithio ei bod hi'n cofio popeth.

'Dyna ryfedd,' meddai Rob.

'Ia,' atebodd Elan.

'Wel, dyma ni i gyd yn siarad fel ffrindiau gorau,' meddai Milo â gwên gam ar ei wyneb.

Cyn i Elan gael cyfle i bwdu, aeth cryndod drwy'r bad achub ac aeth hi at y drws er mwyn ceisio clywed beth oedd yn bod. Chlywodd hi ddim. Cododd Rob a Milo hefyd ac edrych drwy'r ffenestri a oedd bob ochr i'r seddi. Aeth eiliadau heibio gyda dim ond sŵn anadlu pawb i'w glywed. Daeth clec wedyn a oedd yn ddigon i ysgwyd y tri. Roedd hi bron fel petai'r *Gwalia*'n taro'n erbyn rhywbeth neu fod rhywbeth yn ei tharo hi.

'Oes 'na rywun yn ymosod?' holodd Milo wrth i glec arall ei yrru ar ei hyd i'w sedd. Daeth sŵn larwm o rywle wedyn. Cododd Rob ei hun ar flaenau'i draed er mwyn edrych drwy'r ffenest eto.

'Golau!' gwaeddodd cyn iddo gael ei daflu i'r llawr gan hyrddiad arall. Dechreuodd Elan waldio'r drws i geisio cael rhywun i'w agor.

'Mae'n dod o'r blaned 'na!' gwaeddodd Milo.

Yna, wrth i fflach ddod drwy'r ffenestri, crynodd y bad achub drwyddo. Roedd yn dechrau cael ei wahanu oddi wrth gorff y *Gwalia*. Gwthiodd Elan ei hun yn erbyn ffenest fach y drws i geisio gweld beth oedd yn digwydd, ond ymhen dim roedd y ffenest wedi stemio gan ei bod hi'n anadlu mor drwm. Rhedodd at y ffenestri eraill, gan wthio'r ddau frawd o'i ffordd, ond dim ond düwch oedd i'w weld drwy'r ffenestri hynny. Düwch ac yna rhyw olau melyn.

Gafaelodd Rob a Milo yn Elan, er ei bod hi'n gweiddi ac yn strancio, a'i rhoi hi yn un o seddau'r bad achub a cheisio cau ei gwregys hi.

Dadfachodd Elan ei gwregys a cheisio mynd 'nôl at y ffenest, 'nôl er mwyn gweld y *Gwalia*.

Yna aeth popeth â'i ben iddo. Dechreuodd y bad achub droi ar wib. Wrth glywed sŵn sgrechian gwynt meddyliodd Elan eu bod nhw'n glanio ar y blaned. Taflwyd hi o un pen i'r bad achub i'r llall. Doedd ganddi ddim syniad pa ffordd roedd hi'n mynd. Trawodd y wal. Gafaelodd yn ei gwregys ddiogelwch. Disgwyliodd am glec. Daeth honno wrth i'r bad daro tir eiliadau wedyn.

Daeth Elan ati hi ei hun gyda llond ei llygaid o olau haul. Caeodd nhw gan weld dim ond cochni y tu ôl i'w hamrannau. Yna mentrodd agor ei llygaid eto a throi ei phen i'r ochr. Sylweddolodd ei bod hi y tu allan i'r bad achub a fod hwnnw wedi glanio a chladdu ei hun mewn bryncyn coediog ychydig fetrau i ffwrdd. Roedd mwg neu stêm yn codi o ochr y bad. Sylwodd Elan fod y parasiwtiau arafu wedi agor a'i bod hi'n gorwedd yng nghanol glaswellt hir a blodau bach gwyn ac roedd oglau melys y rheiny ym mhob man. Cododd ar ei heistedd a gweld fod y bad wedi sgidio ar ôl glanio gan godi pridd yn un neidr flêr.

Aeth Elan ati i weld a oedd hi ei hun mewn un darn. Roedd popeth yn ei le heblaw fod ambell glais a briw ar ei chorff. Wfftiodd. Roedd hi wedi cael llawer gwaeth. Mae'n rhaid ei bod hi wedi taro'i phen, meddyliodd wedyn, achos dim ond wrth sefyll ac anadlu llond ysgyfaint o aer braf y blaned newydd y cofiodd hi am y *Gwalia*.

Cododd ei phen gan obeithio gweld rhyw olwg ohoni, ei chartref, ond doedd dim ond awyr las ac ambell gwmwl diog uwchben. Trodd ei phen i chwilio am Milo a Rob, ond doedd dim golwg o 'run o'r ddau. Mae'n rhaid, meddyliodd Elan, bod y ddau wedi mynd a'i gadael hi pan oedd hi'n anymwybodol. Ond roedd hi'n falch eu bod nhw wedi mynd, meddai hi wrthi ei hun, gan bron â llwyddo i gredu hynny. Roedd hi'n iawn ar ei phen ei hun. Oedd, roedd bod felly'n well o lawer ganddi. Wedi'r cwbwl, roedd hi wedi bod yn iawn ar ei phen ei hun erioed. Eisteddodd eto i feddwl.

'Elan!' daeth llais o'r tu ôl iddi. Trodd Elan mewn pryd i gael ei chofleidio'n dynn gan Rob. Roedd Milo'n sefyll y tu ôl iddo yn edrych braidd yn lletchwith. Teimlai Elan ychydig felly hefyd, doedd hi prin yn adnabod Rob.

'Ro'n ni'n poeni!' dywedodd Rob wrth wasgu mwy.

'Paid â gwasgu cymaint!' chwythodd Elan gan deimlo braidd yn euog am gymryd yn ganiataol fod y ddau wedi hen fynd a'i gadael. 'Dwi'n iawn!'

'Wnes i ddweud, yn do?' meddai Milo cyn mynd tua'r bad achub.

Eisteddodd Rob wrth ymyl Elan a thynnu mymryn ar y glaswellt oedd o'i gwmpas. 'Roedd Milo'n poeni hefyd, Elan. Jest . . . wel . . . mae o wedi gorfod caledu ei galon ers blynyddoedd.'

Edrychodd Elan ar Milo'n cario offer o'r bad achub a'i osod yn daclus ar y glaswellt. 'Caledu ei galon' neu beidio, teimlai Elan ei fod o'n un annifyr tuag ati.

'Mae'n gallu bod yn sinach blin, yn dydi, Rob?' meddai hi.

Chwarddodd Rob. 'Ydi, ydi, mae o weithiau.' Cododd wedyn a chynnig ei law i Elan. Roedd hi'n falch o gael ei help gan fod ei phen bellach yn teimlo fel bwced. Sylwodd wrth godi fod y disgyrchiant ar y blaned hon yn ysgafnach nag ar y *Gwalia*.

Aeth y ddau tua'r bad achub a Rob yn llamu yn ei flaen fel llyffant wrth ei fodd yn disgyn yn arafach na'r arfer. Doedd yna fawr o siâp ar y bad achub oni bai bod 'rhacs' yn siâp. Byddai'n rhaid iddi sôn wrth Ari am gael bad newydd pan fyddai hi'n ôl ar y *Gwalia*, os byddai hi'n ôl ar y *Gwalia* fyth.

Roedd Milo wedi tynnu popeth o werth o'r bad. Ym mhob bad achub roedd pethau ar gyfer goroesi ar blanedau dierth – masgiau ocsigen, pabell, bwyd wedi'i sychu a bisgedi caled llawn maeth, cymaint o faeth fel nad oedd lle i'r blas. Roedd dŵr, rhaff, offer coginio a dillad pob tywydd. Da oedd gweld dillad felly gan fod y tri yn edrych fel petaen nhw wedi picio allan o'r *Gwalia* ar ddiwrnod o haf i chwilio am beint o lefrith; Milo yn ei fest a sandalau, trowsus oferôls amdano gyda'r hanner uchaf wedi'i glymu am ei ganol. Rob wedyn mewn hen grys at ei bengliniau wedi'i glymu â belt dros drowsus llac, a chap gwlân ar ei ben. Gwisgai Elan yr hyn oedd amdani bob dydd – hen grys-T, trowsus gwaith blêr a'i siaced dyn busnes. Roedd Milo wrthi'n gosod yr holl offer mewn tri thwmpath bach er mwyn rhannu'r pethau trwm fel poteli dŵr yn hafal. Oedodd ar ôl gorffen.

'Fedrwn ni ddim aros yn fan'ma,' meddai Milo.

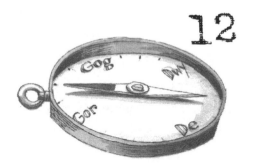

12

'Aros mewn un lle rwyt ti fod i'w neud ar ôl glanio yn rhywle,' meddai Elan gan bwyntio at y cyfarwyddiadau oedd ar ddrws y bad achub, er bod y drws bellach yn hongian yn gam. 'Aros ger y bad, aros i gael dy achub.'

Ochneidiodd Milo. 'Achub? Gan bwy, Elan?'

Doedd Elan ddim am adael i Milo, o bawb, ychwanegu at yr amheuon a oedd wedi dechrau magu ynddi.

'Criw y *Gwalia* wrth gwrs – Ari a Dewyrth . . .'

'Digwyddodd rhywbeth i'r *Gwalia*, yn do?' meddai Milo. 'Mi weles i rywbeth yn dod o'r blaned yma – golau melyn – a dwi isio gwbod beth yn union oedd o. Go brin fydd y *Gwalia* mewn stad i achub neb a does gan yr un ohonan ni ddim byd i yrru signal, a tydi radio'r bad achub ddim yn gweithio chwaith.'

Tawelwch.

'Be 'dyn ni am neud, felly?' holodd Rob.

Pwyntiodd Milo at grib llethr o'i flaen.

'Pan o'n ni'n disgyn mi wnes i weld rhywbeth – rhyw adeilad draw i'r cyfeiriad acw. Falla bod 'na bobol neu le gyrru negeseuon yno.'

'Falla mai tŷ rhyw greadur od ydi o,' meddai Rob.

'Paid â malu awyr, Rob,' meddai Elan. Yna safodd am eiliad a meddwl. Doedd dim modd dod o hyd i'r *Gwalia* a'r criw heb offer pwrpasol i wneud hynny. 'Dyna'r lle i chwilio am *Gwalia*, dwi'n meddwl.'

'Iawn,' meddai Milo. 'Mae'n rhaid i ni gael cynllun cyn mynd i unman. Dwi'n cynnig ein bod ni'n mynd tua'r gogledd ffor'cw.'

'Sut wyt ti'n gwybod fod y gogledd ffor'cw?' holodd Elan.

Cododd Milo gwmpawd a'i chwifio dan ei thrwyn. Caeodd Elan ei cheg.

'Tua'r gogledd,' meddai Milo eto. 'Ond be nawn ni wedyn?'

'O, mynd at yr adeilad yma os mai'r ffordd yna mae o,' atebodd Elan gan geisio peidio â gwylltio.

'Mi allai fod yn bell iawn,' meddai Rob yn betrusgar.

'Wel, cerdded 'mlaen felly, yndê,' atebodd Elan.

'Mae Elan yn iawn,' meddai Milo a tagodd Elan mewn syndod o'i glywed yn cytuno â hi. 'Cerdded nes cyrraedd yr adeilad ddylen ni neud. Tua'r gogledd mae o. Mi ddown ni ar ei draws yn hwyr neu'n hwyrach. Does gyda ni ddim dewis.'

'A phan gyrhaeddwn ni yno, allwn ni gysylltu â'r cwnstabliaid a'r *Gwalia* er mwyn sortio petha. Cytuno?' holodd Elan. Nodiodd y ddau arall.

'Siapiwch hi,' mwmialodd Milo. 'Rhag iddi dywyllu.'

Ar ôl marcio saeth yn y pridd gyda'u traed i ddangos i ba gyfeiriad roedden nhw am fynd i unrhyw achubwyr, gafaelodd y tri mewn bwndel o offer yr un a dechrau cerdded.

Er bod y bryn cyntaf yn serth, gan fod y disgyrchiant yn ysgafnach, wnaeth neb gwyno wrth gerdded. Yn fuan ar ôl iddyn nhw ddechrau'r daith disgynnodd niwl trwchus fel nad oedd posib gweld dim ond rhyw led braich o'u blaenau. Aeth y tri o olwg y bad yn benisel.

Ar ôl rhyw awr o gerdded mewn distawrwydd – heblaw am duchan Rob – doedd Elan yn teimlo fawr gwell. Roedden nhw'n torri llwybr igam-ogam rhwng y bryniau gan nad oedd awydd ar neb i fynd i fyny ac i lawr bob pum munud. Drwg hynny oedd nad oedd gan neb fawr o glem i ble roedd y tir yn mynd. Cynigiodd Milo y byddai'n syniad mynd i ben rhyw fryn er mwyn codi uwchben y niwl i chwilio am yr adeilad.

Milo ddaeth at grib y llethr gyntaf, a safodd yn stond. Gan nad oedd Rob yn edrych lle roedd o'n mynd a bod ei ben yn y gwynt fel arfer, fe aeth i gefn ei frawd. Safodd Rob yn llonydd ar ôl iddo godi ei ben.

'Be sy?' holodd Elan wrth gyrraedd pen y grib, ond aeth hithau'n ddistaw wedyn. Roedd Elan wedi cerdded ar blanedau dirifedi. Rhyngddi hi, Rob a Milo mae'n rhaid eu bod nhw wedi gweld sawl gwahanol awyr, meddyliodd, mwy o blanedau nag oedd pobl un blaned wedi clywed amdanyn nhw. Roedd y tri wedi gweld pethau a oedd, ychydig ganrifoedd ynghynt, yn cael eu hystyried yn amhosibl ond heddiw, ar dir efalllai nad oedd yr un bod dynol wedi'i droedio erioed, fe gafodd y tri hi'n anodd siarad.

13

Oddi tanyn nhw, yn codi o'r niwl, roedd dyffryn anferth ag ochrau sgwâr perffaith syth. Llifai afonydd i'r dyffryn o'r tir uwchben cyn disgyn cannoedd o droedfeddi yn rhaeadrau gwyn – rhaeadrau oedd yn tasgu dafnau mân o ddŵr i'r awyr gan greu ambell enfys oedd fel pontydd ar draws ceg y dyffryn. Sylwodd Elan ar y coed o gwmpas ac yn y dyffryn, rhai ohonyn nhw'n dalach na bloc o fflatiau. Cododd fflyd o adar gwynion o un o'r coed a hedfan drwy olau bob lliw'r pontydd enfys gan dynnu llygaid y tri at yr hyn oedd y tu draw i'r dyffryn.

Yno, yn erbyn yr awyr mwyaf ffyrnig o las a welson nhw erioed, roedd rhywbeth a oedd yn edrych fel petai wedi'i dorri allan o lyfr chwedlau a'i ludo dros damaid o'r byd go iawn. Rhyw fath o adeilad oedd o â cholofnau metel anferth tebyg i byramidiau ar eu pennau i lawr yn arnofio uwchben cylch o graig ddu a rheiny'n troi er eu bod nhw mor fawr. Roedd y cylch hwnnw wedyn o amgylch rhywbeth a edrychai fel tŵr neu graig bigfain â llinell o olau glas drwy'i chanol. Roedd y pigyn anferth yn cyffwrdd â'r cymylau.

Safodd y tri'n gegrwth. Roedd yr adeilad mor fawr, ac roedd yn anodd credu bod y pyramidiau anferth yn arnofio yn yr awyr fel hwyaid plastig mewn bath.

'Hwnna wnes ti weld, Milo?' meddai Elan mewn llais bach, gan sylwi fod ei cheg yn sych.

Roedd Milo'n dal i syllu â'i lygaid yn llydan, llydan, ond fe lwyddodd i ateb er ei fod yn swnio fel petai'n bell i ffwrdd.

'Ie . . . ym . . . ie, hwnna oedd o dwi'n meddwl. Roedd o'n edrych yn llai o'r awyr. Llawer llai.'

Eisteddodd Elan wedi'i synnu a thynnu ei hesgidiau. Teimlodd y glaswellt yn braf rhwng bodiau ei thraed a'r awel yn eu hoeri. Canolbwyntiodd ar hynny am sbel. Yna ar ôl iddi ddod ati ei hun, aeth 'nôl i edrych ar beth bynnag oedd o – yr adeilad nad oedd yn edrych fel petai'n bosib i bobl ei greu. Rhoddodd ei hesgidiau am ei thraed a sefyll. Doedd eistedd a rhythu ddim yn mynd i'w hachub.

Ysgwydodd ei bwndel a theimlo mymryn o ofn. Ond roedd hi'n teimlo rhyw fymryn o gynnwrf hefyd – a gobaith. 'Ffor'cw ry'n ni am fynd, felly?' holodd.

Trodd Milo ati a gwenu'n iawn am y tro cyntaf.

'Ia. Does dim llawer o ddewis.'

'Reit!' Tynhaodd Elan ei gafael ar y bwndel a chychwyn i lawr y llethr i gyfeiriad y dyffryn.

Cafodd y tri well hwyl ar sgwrsio wrth gerdded i lawr drwy dir yn llawn blodau gwynion, melys tuag gwaelod y llethr. Cododd y niwl gan ei gwneud hi'n ddigon cynnes. Roedd y ddaear yn wastad erbyn hyn, a'r glaswellt a'r blodau dan draed yn feddal.

Trafod beth oedden nhw wedi'i weld ac yn dal i allu ei weld oedd y tri yn bennaf. Roedd hynny'n ffordd dda o gadw eu meddyliau rhag poeni am yr hyn a oedd wedi digwydd i'r *Gwalia*. Barn Milo oedd mai rhywle wedi'i adeiladu gan ryw lywodraeth ddirgel oedd y lle a'u bod nhw'n cadw pethau cyfrinachol yno ac efallai mai rhywbeth fel'na oedd darganfyddiad Hans Reiter. Tybiodd Rob mae cartref rhyw greaduriaid rhyfedd o'r gofod oedd y lle – hynny, neu ganolfan ymchwil. Er i Elan gymryd rhan yn y sgwrs, soniodd hi ddim am y teimlad o sicrwydd ynddi mai rhywbeth yn perthyn i fyd arall, cwbl wahanol, oedd yr adeilad.

Wrth iddyn nhw ddod at goedlan fach a oedd yn llawn mwsogl a dail crenshlyd o dan droed, aeth y tri ati i sgwrsio wedyn am y blaned o'u cwmpas

'Go brin fod neb wedi'i darganfod,' meddai Milo, wrth gymryd golwg ar ei gwmpawd a throi rhyw fymryn i'r chwith.

'Gawn ni ei henwi hi, felly?' holodd Elan.

'Dyna ydi'r drefn fel arfer,' atebodd Milo. 'Cyntaf i'r felin.'

Dechreuodd Elan feddwl am enwau pwrpasol. Meddyliodd am gynnig 'Gwalia', ond doedd hynny ddim yn swnio'n iawn rywsut.

'Wil,' meddai Rob.

'Y?' holodd Elan.

'Mae'n enw iawn – Wil.'

Cododd Milo'i ddwylo mewn anobaith. 'Fedri di'm galw planed yn "Wil", Rob'

'O pam?'

'Achos . . . achos mai enw person ydi "Wil". Meddylia tasa capten rhyw long ofod yn dweud "pawb i baratoi i lanio ar Wil". Be tasa 'na berson o'r enw Wil ar y llong honno? Mi fasa'n ofni am ei fywyd!'

Wfftiodd Rob ond chwarddodd Milo ac roedd Elan yn falch o'i glywed yn chwerthin o'r diwedd.

'Be fasat ti'n ei galw hi, Milo?' holodd Elan wrth godi carreg i weld os oedd rhywbeth oddi tani.

Oedodd Milo. 'Ym. Beth am "Llain"?'

'Llain?' holodd Elan.

'Dyna oedd enw tŷ Nain a Taid erstalwm.' Yna cerddodd Milo yn ei flaen yn ddistaw wedyn am sbel. Sylwodd Elan mai dyna'r tro cyntaf iddo sôn am ei orffennol.

Dechreuodd nosi ac roedd yn rhaid i'r tri feddwl am aros dros nos. Cytunodd pawb mai'r gilfach o dan un o'r coed oedd y lle gorau iddyn nhw aros am fod y llawr yn wastad a bod cysgod yno rhag ofn i'r gwynt godi. Doedd codi'r babell yn fawr o drafferth ac fe wnaeth Milo dân tra bod Rob ac Elan yn casglu coed i'w rhoi arno. Cododd dwy leuad melyn braf yn yr awyr uwchben wrth iddi hi dywyllu'n iawn.

Ar ôl iddyn nhw roi trefn ar bopeth, setlodd y tri o amgylch y tân gan fwyta rhai o'r bisgedi caled o fwndel Rob. Penderfynodd Elan ei bod am gael gwybod mwy am y ddau oedd yn gwmni iddi.

'Dach chi'n edrych fel brodyr i mi, ddim fel efeilliaid. Rwyt ti, Milo, yn edrych lawer yn hŷn na Rob.'

Cymerodd Milo gegaid o ddŵr o'i botel a llyncu.

'Ia, wel,' meddai Milo.

'O, Milo, dwed wrthi,' meddai Rob gan roi hergwd chwareus iddo.

'Plis?' holodd Elan.

'Stori hir, ond mi gei di fersiwn fer. Gawson ni fynd ar daith ar long oedd yn teithio bron ar gyflymder golau.'

Eisteddodd Elan yn gegrwth. 'Paid â malu awyr, Milo! Beth, ar un o'r cwîns?'

Gwenodd Milo. 'Dim gair o gelwydd.'

Roedd hynny, meddyliodd Elan, bron yn amhosib. Roedd hi wedi clywed am longau a oedd bron â cyrraedd cyflymder golau. Ond, doedd neb wedi gweld un o'r cwîns – y llongau anferth, main rheiny – ers hydoedd a dim ond pobl fawr, gyfoethog oedd yn cael mynd arnyn nhw.

'Roedd o'n wych. Pob man yn berffaith lân. Ac am faint y peth – waw! Hoffwn i weld un eto,' meddai Rob.

Ysgydwodd Elan ei phen. 'Dwi'm yn eich coelio chi.'

Rhoddodd Milo rhyw hanner gwên yng ngolau'r tân. 'Wir i ti.'

'Ond . . .'

Edrychodd Milo ar ei gwpan dŵr a gwgu. 'Dy'n ni ddim wedi bod fel hyn erioed.'

Doedd Elan ddim am roi'r gorau i holi. 'Dwi'n dallt fod amser yn symud yn fwy ara' os y'ch chi'n teithio'n agos i gyflymder golau a'ch bod chi'n heneiddio'n arafach, ond pam nad y'ch chi'n edrych yr un oed?'

'Ti 'di clywed am y *Zenobia*?' holodd Milo.

Roedd yr enw fymryn yn gyfarwydd i Elan, felly dyma hi'n nodio, er nad oedd hi'n hollol siŵr am beth oedd o'n sôn.

'Roedd Rob a minnau ar y llong ofod honno a rywsut, fe wnaeth hi ddechrau arafu.'

'Wel, ro'n i yng nghefn y llong yn cysgu, a Rob . . .'

'Ro'n i yn crwydro yn y tu blaen. Roedd gan y *Zenobia* stafell haul a dyna lle ro'n i'n chwarae pêl pan aeth bopeth yn dywyll.'

'A be wedyn?' holodd Elan yn frwd.

'Crac!' meddai Milo gan hollti ei fisged galed. 'Torrodd hi'n ddau ddarn mawr a lot o ddarnau llai. Ffrwydrad,' ychwanegodd Milo. 'Hedfanodd darn Rob ymlaen ar wib, ac fe arhosodd fy narn i yn lle roedd o. Daeth llong ofod arall o rywle i'n hachub ni. Erbyn i ni gyfarfod eto, roedd pedair blynedd a hanner o 'mywyd i wedi pasio, a dim ond pedwar diwrnod o fywyd Rob.' Aeth Milo i syllu i'r tân. Aeth Rob yn distaw hefyd.

'Well i ni drio cysgu,' meddai Elan ar ôl pwl arall o dawelwch. 'Mi wna i aros ar fy nhraed gynta a deffro un ohonoch chi wedyn.'

'Syniad da,' meddai Milo, yn falch o gael newid y pwnc. 'Mae isio cadw golwg rhag ofn i anifeiliaid ddod ar ein traws ni.' Aeth y ddau at eu matiau cysgu yn y babell, ac arhosodd Elan wrth y tân. Roedd hi'n od bod mewn lle mor agored a heb sŵn llong ofod o'i chwmpas. Edrychodd i fyny tua'r awyr a gweld dim ond dwy leuad a sêr. Gobeithio bod y *Gwalia* yn eu canol nhw yn rhywle, meddyliodd. Gobeithio wir.

Aeth amser heibio. Yr unig sŵn glywodd Elan wrth eistedd yno oedd rhywbeth yn snwffian yn y gwellt y tu ôl iddi a rhyw furmur isel, achlysurol. Treuliodd yr amser yn syllu ar dŵr uchel yr adeilad â'r llinell las yn ei ganol cyn i leuad arall ddechrau codi. Un werdd olau oedd y lleuad honno a daeth stribedi o olau glas i chwarae yn yr awyr i'w chanlyn. Go brin ei bod hi erioed wedi gweld unrhyw beth mor dlws, meddyliodd Elan. Rhoddodd goedyn arall ar y tân a cheisio peidio â phoeni am fod ar blaned ddi-enw ac am lle roedd y *Gwalia*.

15

Ar ôl iddi wawrio llwyddodd Rob i greu rhyw uwd tebyg iawn i sment uwchben fflamau olaf y tân ac ar ôl i bawb fwyta hwnnw nes iddyn nhw syrffedu, aeth y tri ati i dynnu'r babell i lawr a'i phacio. Doedd Elan ddim wedi cysgu'n dda iawn am nad oedd hi wedi arfer peidio teimlo'i gwely'n symud yn achlysurol wrth deithio drwy'r gofod. Ond doedd hi ddim am gwyno rhag i'r ddau arall ddechrau gwneud hwyl am ei phen. Daliodd Milo'r cwmpawd yn ei law ac ar ôl i bawb gael cegiad o ddŵr aeth y tri ymlaen tua'r dyffryn.

Erbyn canol dydd, neu beth oedd Elan yn tybio oedd canol dydd, roedd y tri wedi cyrraedd glan afon a oedd yn llifo o'r dyffryn ac yn torri drwy'r glaswellt a'r blodau. Sylwodd Elan fod y dyffryn dipyn nes wrth iddi wasgu ei hun rhwng y coed a oedd rhwng y gwellt a glan yr afon. Roedd traeth bach o ro mân ar ei glan ac fe eisteddodd y tri arno a rhannu pecyn o gracyrs blas caws wrth wylio'r llif yn mynd heibio a gwrando ar ruo'r afon. Aeth Milo i daflu cerrig gan geisio'u cael nhw i neidio ar wyneb y dŵr.

'Piti na fasa na bont,' meddai Rob drwy lond ceg o gracyrs.

'Pont?' holodd Elan.

'Ie, i gael mynd arni ac edrych ar y dŵr.'

'Fedri di ei weld o'n iawn o'r lan, Rob,' meddai Elan wrth estyn am lond llaw arall o gracyrs. Wrth i Milo ddod i eistedd ar garreg wastad wrth ymyl y ddau arall, ymddangosodd stribyn o olau ar draws yr afon. Dychrynodd Milo a chodi, a diflannodd y golau.

'Be wnest ti?' holodd Elan.

'Dim!' meddai Milo, yna fel petai'n ofni cael ei losgi, estynnodd ei law at y garreg wastad a'i chyffwrdd. Ymddangosodd y golau eto a gwelodd Elan ei fod yn croesi'r afon mewn llinell syth, ychydig droedfeddi uwchben y dŵr.

'Pont!' gwaeddodd Rob a rhedeg at y golau.

Synnodd Elan pan welodd o'n rhoi ei law ar y bont a wnaeth hi ddim pasio drwy'r golau.

'Mae'r golau'n galed!' gwaeddodd Rob. Aeth Elan ato a dal ei llaw hithau ar y golau. Oedd, meddyliodd, roedd Rob yn dweud y gwir. Gallai deimlo'r golau o dan ei llaw yn solet ac yn gynnes. Roedd yn olau melyn braf fel golau machlud diwrnod hir o haf. Edrychai'r bont olau fel pont arferol, ond heb ochrau iddi. Gafaelodd Elan mewn llond llaw o gerrig mân a'u taflu at y golau. Bownsio a llithro wnaeth bob carreg. Ddisgynnodd 'run ohonyn nhw drwy'r golau, dim ond aros yno uwchben y dŵr.

'Dwi am gyffwrdd y golau hefyd,' meddai Milo'n ansicr. Aeth Elan ato a dal ei llaw ar y garreg. Ar ôl sbel hir yn archwilio'r bont olau cododd Milo ei hun arni ac eistedd ar ei hymyl. Yna aeth 'nôl i eistedd ar y garreg.

'Mae'r golau yna'n dechnoleg wahanol i unrhyw beth dwi wedi'i weld o'r blaen,' meddai Milo wrth orffen bwyta'r cracyrs. Gwyliodd wrth i Rob godi ei hun ar y bont a dechrau cerdded arni.

'Rob!' gwaeddodd Milo. 'Paid!'

Wnaeth Rob ddim cymryd arno ei fod wedi clywed ei frawd a dechreuodd gerdded ymhellach ar draws y bont. Chwarddodd Elan. 'Rob ddwedodd ei fod o isio pont.'

Synhwyrodd hi nad oedd Milo am ymuno yn yr hwyl. Roedd golwg bryderus iawn arno. Dechreuodd Rob weiddi a dawnsio ar ben y bont. Chwifiodd ei freichiau ar y ddau ar lan yr afon a chwerthin yn uchel.

'Rob!' gwaeddodd Milo unwaith eto ac amneidio arno i ddod 'nôl.

'Fydd o'n iawn, siŵr,' wfftiodd Elan.

Digwyddodd tri pheth ar unwaith. Yn gyntaf, rhoddodd Rob y gorau i'w chwerthin ac edrych ar ei draed yn bryderus cyn dechrau cerdded 'nôl tua'r lan. Yn ail, dechreuodd golau'r bont grynu fel petai am ddiffodd. Yn drydydd, dechreuodd Elan redeg nerth ei thraed tua'r afon er na wyddai hi pam yn iawn. Yna diflannodd y bont olau a gwelodd Elan wyneb Rob yn llenwi ag ofn cyn iddo ddiflannu i ganol y dŵr.

'Rob!' gwaeddodd Elan, er ei bod hi'n gwybod na fyddai hynny'n helpu dim. Dechreuodd redeg gyda llif yr afon. Meddyliodd am neidio i mewn ar ei ôl, ond sylweddolodd fod y llif yn rhy gryf. Yn sydyn, roedd Milo wrth ei hochr. Roedd hi'n disgwyl gweld ei wyneb yntau'n llawn ofn, ond roedd yn edrych yn benderfynol iawn. Daliai raff yn ei law chwith ac un pen ohoni yn ei law dde.

'Lle wyt ti? Rob!' gwaeddodd dros sŵn rhuo'r afon.

'Fan'cw!' gwaeddodd Elan a phwyntio at freichiau yn yr afon ychydig o'u blaenau. Yna fe welon nhw ben Rob yn codi wrth iddo geisio gweiddi am help. Roedd yn bell o'u blaenau nhw ac yn pellhau fesul eiliad. Chwiliodd Milo am freichiau Rob eto a thaflu'r rhaff tuag atyn nhw. Aeth breichiau Rob i lawr fel petai'n gafael yn rhywbeth, ond tynnodd Milo'r rhaff 'nôl heb ddim arni. Taflodd hi eto, ond chododd y breichiau ei frawd ddim y tro hwnnw. Aeth wyneb Milo'n fwy penderfynol. Gafaelodd yn y rhaff am y trydydd tro a gweiddi, 'Rob! Rhaff!'

Gwaeddodd Rob rywbeth. Anadlodd Milo'n ddwfn a chodi'i fraich a thaflu'r rhaff. Glaniodd honno yn y dŵr a thynhau drwyddi.

'Ia! Rŵan mae'r gwaith yn dechra'!' gwaeddodd Milo wrth lapio rhan o'r rhaff am ei fraich. Gwnaeth Elan yr un peth a dechrau tynnu. Cafodd y ddau eu llusgo drwy'r gro at ran greigiog o'r lan. Tynnwyd nhw ymlaen eto, ond roedd Rob i'w weld ar ben arall y rhaff ac roedd hynny'n gysur.

Plannodd Milo'i sodlau yn y gro a rhoddodd Elan gwlwm o gwmpas carreg er ei bod hi'n anodd clymu a'r rhaff yn wlyb a'i dwylo mor oer. Ar ôl gwneud hynny, symudodd nes ei bod hi y tu ôl i Milo a dechreuodd y ddau dynnu gyda'i gilydd. Roedden nhw wedi arfer gweithio a chodi pethau trwm ond roedd y llif yn gryf a Rob yn pwyso mwy nag oedd y ddau wedi gobeithio.

Tynnodd y ddau, er bod eu cyhyrau'n brifo, nes llwyddo i lusgo Rob i'r lan o'r diwedd. Rhedodd Milo at ei frawd a'i dynnu gerfydd ei ysgwyddau o'r dŵr. Symudodd Rob ddim. Trodd Milo ei frawd ar ei ochr a datod y rhaff roedd hwnnw wedi llwyddo i'w chlymu rownd ei ganol rywsut.

'Ydi o'n iawn?' holodd Elan.

Wnaeth Milo ddim ateb, dim ond rhedeg i estyn y blwch cymorth cyntaf o un o'r bwndeli offer. Plygodd Elan dros Rob a sylwi bod ei groen yn oer – yn ddigon oer i'w dychryn hi. Doedd dim arwydd ei fod yn ymwybodol. Ceisiodd Elan gofio'r pethau fuodd Doctor Jên yn dweud wrthi, ond fedrai hi ddim.

Symudodd o'r ffordd pan ddaeth Milo 'nôl â'r sach cymorth cyntaf o dan ei gesail. Agorodd honno a thyrchu drwyddi. Estynnodd chwistrell â dau big arni a'i rhoi i fyny trwyn Rob. Ar ôl chwistrellu unwaith, ddwywaith, agorodd Rob ei lygaid a thagu cyn cymryd gwynt mawr. Daliodd Elan o ar ei ochr wrth iddo chwydu a thisian dŵr wrth i Milo orwedd ar ei gefn yn anadlu'n drwm.

'Pont, wir!' ebychodd Rob cyn cael pwl arall o besychu. Cododd Milo a rhoi hergwd i Rob.

'Y ffŵl gwirion!' gwaeddodd wrth roi hergwd arall iddo. 'Be oedd ar dy ben di?'

'Milo,' meddai Elan yn dawel.

'Ddrwg gen i,' meddai Rob yn drist. Roedd wedi codi'i hun ar ei eistedd bellach ac roedd golwg wedi bod drwy'r drain arno.

'Ddrwg gen i? Fuodd bron iawn i . . .' caeodd Milo ei geg a cherdded tua'r afon. Roedd ei gamu trwm yn dweud llawer mwy na geiriau.

Eisteddodd Elan wedi ymlâdd wrth ymyl Rob a sylwodd ei fod yn crynu. Estynnodd flanced arian iddo o'r sach a'i gosod ar ei ysgwyddau.

'Diolch,' meddai Rob wrth i'w ddannedd glecian. 'Wedi cael braw mae o. Roedd o fel hyn pan dorrais i 'mraich wrth geisio dal cath ar blaned iGoli. Ddisgynnes i drwy do.'

'Ti'n lecio cathod?'

'Ydw.'

'A fi.'

'Ti wedi bod ar iGoli?'

'Naddo.'

Gwenodd Rob er ei fod o'n crynu.

'Mae'n blaned hyfryd. Mae pethau tebyg i goed 'na, ond maen nhw'n symud. Ac mae pobol yn byw mewn tai yn y coed.'

Bellach roedd Rob yn crynu llai.

'Wyt ti'n well?' holodd Elan.

'Fel y boi, diolch,' pesychodd eto ac estyn am ei hosan sychu trwyn a gweld ei bod hithau, fel yntau, yn wlyb domen. Gwenodd rhyw fymryn cyn codi ei ben ac edrych ar ei frawd.

'Esgusoda fi,' meddai Rob a chodi'n sigledig ar ei draed a cherdded at ei frawd. Siaradodd y ddau am sbel ac aeth Elan ati i gasglu popeth 'nôl i'r sachau. Ar ôl iddi orffen gwelodd fod Rob a Milo bellach yn cofleidio; rhaid felly fod y ddau wedi cymodi.

Awr yn ddiweddarach roedd Rob yn eistedd o flaen tân â stêm yn codi ohono. Er bod Elan a Milo wedi cael trafferth wrth gynnau tân â choed tamp, bellach roedd y fflamau'n clecian yn braf. Penderfynodd y tri nad oedd llawer o ddiben dal ati i gerdded a hithau bellach yn ganol prynhawn a phawb wedi blino. Roedd yn rhaid gwneud yn siŵr hefyd bod Rob yn ddigon cynnes ac roedd hi'n haws gwneud hynny wrth ei blannu o flaen tân.

Cododd Elan y babell tra oedd Milo'n archwilio'r garreg a ddechreuodd yr holl helynt ond pan ddaeth yn ei ôl a dechrau procio'r tân, doedd dim golwg ei fod wedi cael llawer o hwyl arni. Cyn iddi dywyllu, dewisodd y tri bryd bwyd i'w ddadlapio – stiw cig eidion a dwmplenni – a rhoddwyd twb ohono i gynhesu ar y tân.

Roedd golwg llawer iawn gwell ar Rob ar ôl iddo gael llond bol o fwyd. Ymhen dim roedd yn cysgu'n braf dan ei flanced arian wrth i fflamau'r tân wneud i honno edrych fel petai darn o'r machlud haul wedi disgyn ar ei ysgwyddau. Sylwodd Elan fod Milo'n dal i edrych ar y garreg bob hyn a hyn. Wrth iddi nosi edrychai honno'n fwy solet rhywsut.

'Be sy, Milo?' holodd Elan wrth osod brigyn arall ar y tân.

Syllodd Milo i lygad y tân wrth i'r fflamau ddechrau tyfu o gwmpas y coedyn newydd.

'Golau melyn fel'na welais i drwy'r ffenest cyn i ni gael ein tynnu lawr i'r blaned 'ma. Nid hud a lledrith ydi o, Elan, ond technoleg. Dwi'n siŵr o hynny. Ond mae'n beryglus. Dy'n ni ddim yn ei deall hi.'

'Does ddim rhaid i ti ddeall popeth, Milo. Dyna mae Dewyrth yn ddeud.'

'Ond mae'n rhaid i mi ddeall,' meddai Milo'n ddigon swta. 'Mae 'na rywun wedi'n tynnu ni a phobol eraill i lawr i'r blaned 'ma, Elan. Os mai dyna ddigwyddodd i Hans Reiter, wel dwi am ffendio pam, a pham fod Rob wedi bron â boddi pnawn 'ma.'

'Ti'n meddwl fod y cyfan yn fwriadol?' holodd Elan.

'Falla,' meddai Milo cyn codi a deffro Rob a'i arwain i'r babell, er mai rhyw hanner deffro wnaeth hwnnw mewn gwirionedd. 'Mae'r adeilad yna'n bwysig,' ychwanegodd.

'Ro'n i'n meddwl mai trio mynd 'nôl i'r *Gwalia* y'n ni,' meddai Elan.

'Os ydw i'n gorfod crwydro'r blaned 'ma i fynd i rhyw adeilad rhyfedd, dwi am wneud mwy na gadael yn syth,' atebodd Milo.

'Be ti'n feddwl?' holodd Elan.

Trodd Milo at Elan a dweud, 'Dwi am chwilio am atebion. Mi wn i un peth, Elan – yn yr adeilad 'na maen nhw.'

Yna caeodd fflap y babell.

Cymerodd Elan yn ganiataol, felly, mai hi fyddai'n cymryd y wyliadwriaeth gyntaf. Closiodd at y tân gan ei bod hi'n dechrau oeri. Teimlodd ias pan soniodd Milo am yr adeilad hefyd. Dim ond sŵn yr afon a chlecian y tân oedd i'w glywed bellach, a daeth y tair lleuad allan yn eu tro. Heno daeth rhyw greaduriaid bach roedd Elan yn eu gweld yn debyg i groesiad rhwng gwas y neidr a gwyfynod i chwarae yn ôl a blaen uwchben golau'r tân a wyneb yr afon. Gwyliodd Elan nhw am sbel cyn llwytho dipyn ar y tân a cheisio swatio'n nes ato. Er nad oedd hi'n teimlo'n gysglyd iawn, ymhen dim roedd hi'n chwyrnu wrth i'r pryfaid bach rhyfedd hynny hedfan rhwng gwreichion y tân. Llithrodd i gwsg dwfn.

17

Edrychodd Elan o'i chwmpas. Nid wrth yr afon oedd hi bellach ond yng nghanol dyffryn. Ar y llawr, wrth ei hochr, roedd carreg debyg i'r un y cyffyrddodd Milo i greu'r bont i bont yn gynharach yn y dydd, ond ei bod hi'n uwch ac yn llyfnach.

Daliodd ei llaw arni am ychydig, ac yn sydyn, fe ymddangosodd rhywbeth oedd yn debyg i lwybr wrth ei thraed – rhyw linyn o olau melyn. Roedd yn sgleinio a cafodd ysfa i afael ynddo. Gwnaeth hynny ac yna'n sydyn roedd hi o dan un o'r pyramidiau ond doedd arni ddim ofn iddo ddisgyn ar ei phen hi, chwaith. O'i chwmpas gwelodd bobl nad oedden nhw'n bobl rywsut, dim ond cysgodion. Mae'n rhaid mai breuddwydio ydw i, meddyliodd Elan, ond doedd dim ots ganddi am hynny. Cofiodd Dewyrth yn sôn am bobl yn cael gweledigaethau esrtalwm, efallai mai dyna oedd hi'n ei wneud.

Plygodd i afael yn yr edau eto ac wedyn roedd hi wrth y tŵr pigfain a'r streipen o olau glas ynddo. Doedd dim drws yn y tŵr pigfain i'w guro ond dywedodd rhywbeth wrthi am ddal ei dwylo yn y golau a llithro drwyddo i mewn i'r adeilad. Llithrodd i dawelwch, i dywyllwch ac roedd rhywun yn aros amdani. Teimlodd lygaid yn syllu arni o'r tywyllwch a daeth fflach o olau melyn.

Deffrodd Elan wrth ymyl gweddillion y tân a'i chalon yn curo yn ei chlustiau. Doedd dim golwg o unrhyw olau heblaw golau'r wawr a oedd yn golchi'n ysgafn dros bopeth. Ceisiodd ysgwyd y freuddwyd o'i phen ond roedd hi'n mynnu glynu iddi fel oglau tôst wedi llosgi mewn cegin.

18

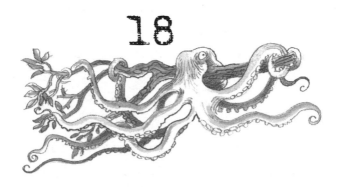

Casglodd y tri eu pethau a bwyta baryn maeth yr un yn hytrach na cheisio brwydro ag uwd Rob eto. Dilynodd y criw yr afon tua'r dyffryn; roedd yn waith poeth heddiw ond aeth neb yn rhy agos at y dŵr, gan gofio am ddigwyddiad y diwrnod cynt. Soniodd Elan ddim am ei breuddwyd na'i blinder.

Ar ôl cerdded am sbel a phan oedd yr haul ar ei uchaf, eisteddodd y tri yng nghysgod un o'r coed. Pasiwyd potel o ddŵr rhyngddyn nhw a defnyddio mymryn mwy o'r eli haul o'r sach cymorth cyntaf.

'Falla bod rhostio'n well na rhewi fel wnaethon ni ddoe, ond dwi'n dal ddim yn lico gwres fel hyn,' ochneidiodd Rob. Cytunodd Elan gan wneud wyneb blinedig; roedd siarad yn ormod o waith, hyd yn oed. Roedd hi hefyd yn brifo drosti ar ôl llusgo pwysau corff Rob o'r afon a chysgu'n gam.

'Mi fyddwn ni wedi cyrraedd y goedwig ymhen rhyw awr, gobeithio,' meddai Milo wrth godi. 'Dewch.'

Griddfanodd y ddau arall ond roedd Milo eisoes wedi dechrau cerdded. Dilynodd Elan a Rob gan deimlo'r haul yn llosgi eu cefnau cyn gynted ag y gadawon nhw'r cysgod. Roedd oglau'r blodau'n gryfach heddiw a bob hyn a hyn byddai rhyw groes rhwng pryfaid a chrancod amryliw yn gwneud twrw chwibanu yn y glaswellt.

Rhwng y cwyno a'r aros i yfed dŵr, fe gymerodd hi awr a hanner iddyn nhw gyrraedd y goedwig a'i chysgod. Eisteddodd y tri ar dwmpath o fwsogl gan fwynhau'r oerni a'r dŵr olaf o waelod y botel, ac ymhen dim roedd gwell hwyliau arnyn nhw. Aeth Elan i ddringo mymryn ar y coed gan nad oedd hi wedi gwneud hynny ers hydoedd. Roedd y rhisgl yn teimlo'n braf o dan ei dwylo.

Cododd hwyliau'r criw ymhellach wrth i adar

gwyn, a'r rheiny'n syndod o ddof, lanio yn y coed o'u hamgylch. Estynnodd Milo ei law at un ac fe neidiodd hwnnw'n ddigon hapus ar ei fys a chlecian ei big. Cofiodd Elan iddi weld cocatŵ mewn marchnad unwaith ac roedd aderyn Milo'n debyg i hwnnw ond bod ganddo gynffon o blu hir, llipa. Cafodd y tri hwyl yn bwydo briwsion cracyrs i rai o'r adar a'u mwytho.

'Dewch, does dim amser i ddiogi,' meddai Elan o'r diwedd. Felly gwthiodd y tri yn eu blaenau rhwng y brigau, yn ddyfnach drwy'r dyffryn. Penderfynwyd mai gwell fyddai aros wrth ochr y dyffryn er mwyn dal i symud mewn llinell syth. Roedd yr ochrau'n berffaith syth ac yn llyfn fel llechen silff ffenest.

'Wedi'i gerfio gan rywun neu rywbeth mae'r dyffryn, saff i chi,' meddai Milo.

'Sut ti'n gwybod hynny?' holodd Rob.

'Dydi o ddim yn teimlo'n naturiol,' awgrymodd Milo, ac roedd yn rhaid i Rob fodloni ar hynny. Roedd y dyffryn hefyd yn hynod o fawr, meddyliodd Elain, a hawdd byddai mynd ar goll yno.

Aeth y coed yn odiach wrth iddyn nhw gerdded yn eu blaenau, er mor debyg oedden nhw i'r coed fyddai pobl yn mynd â nhw i blanedau newydd i'w plannu yno. Weithiau roedd fflachiadau bach o olau i'w gweld ar y brigau ac roedd madarch rhyfedd, a'r rheiny'n goleuo, ar lawer o'r boncyffion. Gallai Elan daeru iddi weld rhywbeth yn symud ymysg y canghennau hefyd. Penderfynodd gadw golwg ar y brigau uwch ei phen.

Yna wrth gamu dros wreiddyn mawr gwelodd mai rhywbeth yn debyg i octopws oedd yn swingio fel mwnci o un gangen i'r llall, oedd yn y coed. Ar ôl sylwi ar un octopws, dechreuodd weld mwy ohonyn nhw. Newidiai rhai eu lliw i gyd-fynd â'r coed o'u cwmpas wrth iddyn nhw sylweddoli ei bod hi wedi'u gweld nhw.

Cariai rhai o'r octopysau rai bach ar eu cefnau wrth iddyn nhw fynd o gangen i gangen. Gwelodd Elan fod gan un neu ddau ohonyn nhw frigau wedi'u hogi yn eu teimlyddion a mwclisau o gregyn bach am eu cyrff. Bu bron iddi golli Rob a Milo wrth geisio cyfri'r creaduriaid rhyfedd uwch ei phen. Ond fe drodd yr octopysau oddi ar lwybr y teithwyr, o bosib gan eu bod wedi gweld digon ar fodau dynol.

Roedd golwg wyliadwrus wedi bod ar Milo ers iddyn nhw ddechrau mynd yn ddyfnach i'r dyffryn ac i gysgod y coed mawr, a dyfalodd Elan ei fod yntau wedi gweld yr octopysau hefyd.

Hyd yn oed ar ôl i Elan a Rob ddarganfod man agored lle roedd un o'r rhaeadrau'n disgyn i bwll crwn o ddŵr, wnaeth Milo ddim cadw'i lygaid ymhell oddi ar ganghennau'r coed. Ond ar y rhaeadr roedd sylw Elan a Rob. Roedd y llif dŵr yn disgyn i lawr yn syth o uchder mawr o ben y dyffryn gan roi sglein dywyll ar ochrau carreg ddu'r dyffryn. Codai diferion o ddŵr yn gawodydd gan wneud yr aer yn niwl o olau enfys. Aeth Rob ati i lenwi'r poteli â dŵr a'i buro tra bod Elan yn gorffwys ei thraed blinedig ynddo – yn ddigon pell o'r fan lle roedd Rob yn codi dŵr.

'Be sy, Milo?' holodd Elan wrth gicio'r dŵr ac edrych ar yr enfys uwch ei phen.

'Gweld rhywbeth yn y coed wnes i.'

'O! A fi,' meddai Elan. 'Rhyw bethau'n debyg i octopws?'

Edrychodd Milo'n syn arni ac roedd golwg ddigon amheus ar Rob, hyd yn oed.

'Nage!' atebodd Milo. 'Rhywbeth metel. Rhywbeth sy'n hedfan ac yn cadw golwg arnon ni. Falla mod i'n drysu, falla bod yna rywbeth yn dod o'r madarch 'na ar y coed os wyt ti'n gweld octopws yn dringo ar frigau.'

'Dwi'n dweud y gwir, Milo!'

'Weles i ddim octopws, chwaith,' meddai Rob wrth edrych ar y brigau o'u cwmpas.

'Ddigon o gamp i ti weld dy draed, Rob,' atebodd Elan yn swta. Ond wnaeth Rob ddim pwdu, dim ond rhyw hanner gwenu a dweud, 'Does dim angen i mi weld fy nhraed i wybod eu bod nhw nhw'n brifo'n ddychrynllyd!'

Tynnodd yntau ei sgidiau, trochi ei draed yn y dŵr a chicio fel peth gwirion nes bod dŵr yn tasgu dros y ddau arall. Chwarddodd Elan a gwenodd Milo hefyd er ei fod yn dal i edrych yn betrus o'i gwmpas bob hyn a hyn.

Aeth y tri i sefyll ar silff o graig o dan y rhaeadr er mwyn ymolchi. Ar ôl diwrnod digon llychlyd, roedd pawb yn falch o'r cyfle. Llygadodd Elan y pwll llonydd wrth droed y rhaeadr a phenderfynu ei fod yn ddigon diogel iddi fentro nofio ynddo. Doedd o ddim byd tebyg i'r afon. Doedd hi heb nofio'n iawn ers cymaint o amser nes bod ganddi ddim cof o bwy ddysgodd iddi wneud, ond roedd hi'n achub ar bob cyfle i gael mynd i'r dŵr.

Nofiodd ar draws y pwll a gweld nad oedd hi wedi anghofio dim; roedd ei breichiau a'i choesau hi'n gwybod yn iawn beth i'w wneud. Edrychodd ar y dŵr o'i chwmpas a gwenu, yna plymiodd dan y dŵr gan gicio'i ffordd i lawr tua gwaelod y pwll. Doedd o ddim yn ddwfn iawn ac roedd hi'n siŵr y gallai gyrraedd ei waelod. Dechreuodd nofio 'nôl at wyneb y dŵr gan weld y golau'n chwarae ar wyneb y pwll. Torrodd drwy'r dŵr a chymryd gwynt mawr.

'Ty'd 'nôl!' gwaeddodd Rob.

'Dau funud!' atebodd Elan cyn ceisio tawelu ei chalon a chymryd gwynt mawr er mwyn plymio eto.

Roedd y byd yn wahanol o dan wyneb y dŵr –
yn arafach, rywsut. Roedd clyw Elan yn
feddalach ac fe allai glywed ei chalon yn curo.
Doedd fawr ddim planhigion o dan y dŵr na
physgod chwaith, dim ond golau gwan yn
sgleinio uwch ei phen a chraig ddu ochrau'r pwll.
Penderfynodd y byddai'n cyffwrdd gwaelod y
pwll i brofi iddi'i hun ei bod yn gallu cyn mynd
'nôl i'r wyneb gan fod ei hanadl yn dechrau
prinhau. Ciciodd yn ei blaen a gosod ei llaw
ar waelod y pwll, lle roedd y graig yn oer, llyfn
a du.

Yn sydyn, yng nghanol y düwch oddi tani,
daeth golau melyn. Bu bron iddi gael ei dallu

wrth iddo chwyddo a dechrau gwneud patrymau ar wyneb y graig. Yna cafodd Elan ei thaflu yn ei herbyn ac, wrth iddi gyffwrdd mwy ar y graig, daeth mwy o olau o'i chwmpas. Roedd y dŵr yn gwasgu arni a'i hysgyfaint yn gwegian. Fedrai hi ddim symud modfedd. Meddyliodd bod y golau dydd yn dod yn nes ond fedrai hi ddim bod yn siŵr gan fod y golau melyn yn ei dallu.

Yna, a hithau bron â mygu, torrodd drwy'r dŵr gyda sblash anferthol. Roedd hi'n gorwedd ar rywbeth yn yr awyr iach. Clywodd Rob a Milo'n gweiddi a rhegi wrth i'r dŵr dasgu ar eu pennau; saethodd peth o'r dŵr mor uchel nes ei bod hi fel petai'n bwrw glaw. Gorweddai Elan ar ei chefn yn anadlu'n drwm ac yn tagu am yn ail.

Daeth ati ei hun a rholio ar ei hochr. Ar ôl gwthio'i gwallt gwlyb o'i llygaid gwelodd ei bod yn gorwedd ar graig gron a oedd yn sglein dŵr i gyd. Mae'n rhaid ei bod hi wedi'i chodi'n uwch na wyneb y dŵr hefyd gan na allai weld y lan o gwbwl, dim ond brigau coed. Roedd rhywun yn gweiddi ei henw islaw. Llusgodd ei hun at ochr y graig ac edrych i lawr.

'Elan!' Roedd Milo wrthi'n gweiddi islaw. Pam oedd o mor bell i ffwrdd? meddyliodd.

'Oi! Milo!' gwaeddodd Elan 'nôl.

Gwelodd Milo hi a chodi ei law. 'Be ti wedi neud rŵan, Elan?' gwaeddodd eto.

'Fi?' meddai Elan wrth godi ar ei thraed. 'Dim byd! Hon – y graig – gododd fi. Nid fy mai i ydi bod rhyw greigiau dirgel yn mynnu gwneud rhyw hen lol pan dwi o gwmpas!'

'Oes gen ti rywbeth y medri di glymu rhaff iddo?' bloeddiodd Rob. Trodd Elan a gweld colofn o garreg yng nghanol y graig, er y gallai fod wedi taeru nad oedd yno cynt.

'Oes!' atebodd.

'Dal y rhaff, ta!' Llais Milo y tro hwn a glaniodd rhaff wrth ei thraed. Brysiodd Elan i'w chlymu ac yna ei chlymu eilwaith, rhag ofn.

'Iawn?' holodd Rob.

'Iawn!' gwaeddodd Elan.

Chymerodd hi fawr o dro i'r ddau arall ddringo at Elan a sylwodd fod eu traed hwythau'n creu llwybr bach o olau melyn wrth iddyn nhw gerdded ar y graig.

'Mae hon yr un graig ag un y bont,' meddai Milo wrth redeg ei law drosti.

'Mae'n rhaid 'mod i wedi'i deffro hi fel wnest ti wrth yr afon. Wnes i gyffwrdd gwaelod y pwll.'

'Mae rhywbeth yn od fan hyn,' meddai Rob, gan ddweud rhywbeth a oedd yn hollol amlwg i bawb. Gosododd Milo ei law ar y golofn lle roedd y rhaff wedi'i chlymu. Arhosodd pawb i rywbeth ddigwydd. Edrychodd y ddau arall dros ysgwydd Milo gan ddisgwyl gweld golau melyn yn codi rhwng ei fysedd. Ond wnaeth 'na ddim. Digwyddodd dim byd.

'O,' meddai Milo'n siomedig.

'Falle bod y llall yn bont a bod hon yn ddim byd ond math o lwyfan i edrych ar y coed neu rywbeth,' awgrymodd Elan.

'Neu'n blatfform glanio,' cynigiodd Rob.

'Falle wir,' atebodd Milo. Ar ôl codi ei law arhosodd ei siâp yn felyn ar y graig am ennyd cyn diflannu. 'Welwch chi rywbeth arall sy'n edrych fel tasa fo'n bwysig?' holodd. Ysgydwodd y ddau arall eu pennau.

'Fyddai'n well i fynd 'nôl i lawr yn o handi,' awgrymodd Rob.

Edrychodd Elan dros yr ymyl. 'O, dwi'm isio dringo lawr yr hen raff 'na'r holl ffordd,' meddai, wrth feddwl ei bod hi'n biti nad oedd grisiau yno.

'Fydd ddim rhaid i ti,' meddai Milo, oedd yn

sefyll ar ben grisiau. Aeth Elan ato a gweld fod y grisiau yn arwain i lawr o'r platfform.

'Pam na fasech chi wedi iwsio rheina o'r blaen?' holodd Elan.

'Doedd dim grisiau yna o'r blaen, nag oedd, Milo?' gofynnodd Rob yn ddistaw.

'Nag oedd,' atebodd Milo.

'Handi iawn,' meddai Elan gan ddechrau cerdded i lawr y grisiau.

'Paid!' gwaeddodd Milo. 'Falle'u bod nhw ddim yn saff, fel y bont.'

Neidiodd Elan unwaith neu ddwy ar y ris roedd hi arni. 'Carreg ydi hon, Milo – perffaith saff.' Cerddodd Elan yn ei blaen i lawr y grisiau nes cyrraedd y gwaelod. Chwifiodd ei breichiau at y ddau arall a daeth y bechgyn i lawr ar eu hunion.

Eisteddodd y tri yn edrych ar y platfform am sbel.

'Mi wnes i feddwl am gael grisiau ac yna mi oedd 'na rai yno,' meddai Elan yn ddistaw, gan nad oedd hi'n siŵr os oedd hynny'n swnio'n ddwl ai peidio.

'Ac mi wnes innau feddwl am bont o'r blaen,' sibrydodd Rob.

Cododd Milo a gosod ei law ar un o'r grisiau carreg; hyd yn oed yn yr haul braf roedd o'n dal yn wlyb. Caeodd Milo'i lygaid a newidiodd y graig o dan ei law ac o'i gwmpas. Dechreuodd rhyw linellau melyn ffrydio ar draws wyneb ddu y graig i greu sgwaryn a drodd i mewn i lun. Yn gegrwth, aeth Rob ac Elan yn nes at y graig. Tynnodd Milo'i law oddi yno, ond fe arhosodd y llun. Ceisiodd Elan feddwl llun o beth oedd ar y graig, ond yna, wrth weld smotyn bach yn fflachio, fe sylweddolodd hi beth oedd o.

20

'Map,' meddai Elan yn syfrdan.

'Wncs i feddwl mod i isio gwbod lle o'n i,' meddai Milo. 'Mae'r creigiau du 'ma'n ymateb i be mae meddwl rhywun isio.'

Edrychodd y tri ar y map. Roedd pob tamaid o dir a phob coeden arno wedi'u hamlinellu â golau melyn ond roedd yna lawer iawn llai o goed ar y map nag oedd i'w gweld o'u cwmpas nhw y funud honno. Edrychodd Elan yn agosach a gweld mai dim ond rhyw chwarter ffordd drwy'r dyffryn oedden nhw a bod pellter mawr i'w gerdded cyn cyrraedd yr adeilad.

'Mae hyn fel hud a lledrith,' meddai Rob.

'Nid dyna ydi o,' atebodd Milo. 'Technoleg ydi

hyn, dwi'n sicr o hynny, dim ond ei bod fwy ar y blaen na'r stwff sy'n gyfarwydd i ni. Roedd y bont yna'n debyg i'r waliau aer oedd ganddyn nhw yn y carchar 'na yn ninas Pepsico, ti'n cofio, Rob?'

'O ydw,' meddai Rob gan wenu'n gloff. 'Dim ond dwyn torth wnes di. Pa blaned oedd honno?'

'Gwêl yr Haul 3,' atebodd Milo'n ddigon ffwrdd-â-hi.

Rhedodd Elan ei bys ar draws y map gan dynnu llinell o olau drwy'r dyffryn.

'Mae darganfod y map 'ma yn union fel tasa pobol erstalwm – pobol heb longau gofod neu bobl o'r oes pan o'n nhw'n reidio ceffylau ac yn cwffio am datws – yn dod ar draws robot neu radio. Mi fasan nhw'n meddwl fod hynny fel hud a lledrith, yn basan, ond dim ond technoleg ydi hyn i ni, yndê?' Wrth i Elan weld ceffyl a thaten yn llygaid ei meddwl, ymddangosodd lluniau ohonyn nhw ar y graig o gwmpas y map.

'A dyma i chi rywbeth arall,' meddai Milo'n sydyn, 'pan gafodd y map yna 'i wneud, doedd yna ddim coed yn y dyffryn 'ma – ddim cymaint, beth bynnag. Mae hwn wedi bod yma erstalwm.'

'Dydi coed ddim yn gallu tyfu dros nos,' meddai Rob.

'Na, mae hwn, y math yma o dechnoleg, yn hen,' meddai Milo. 'Dyna pam dorrodd y bont, falle.'

Caeodd Elan ei llygaid a chanolbwyntio.

'Be ti'n neud?' holodd Milo.

'Trio cael hwn i'n symud ni'n nes at yr adeilad 'na.'

Arhosodd y tri ond digwyddodd ddim byd.

'Falle mai dim ond rhai petha mae'r map 'ma'n gallu ei wneud,' meddai Milo. 'Gawn ni feddwl mwy dros rywbeth i fwyta.'

Cytunodd pawb a chynigiodd Elan godi'r babell gan nad oedd fawr o awydd symud yn eu blaenau arnyn nhw cyn nos. Gwnaeth hi hynny tra bod Milo'n gosod y tân a Rob yn paratoi pryd bwyd. Pasta oedd i swper heno. Eisteddodd y tri a'u cefnau at y tân – am mai felly oedd yr hen gowbois yn ei wneud, yn ôl Rob – ac aros i'r pasta ferwi digon. Tywyllodd yr awyr yn ara' deg ac ymledodd golau'r tân am y coed gan godi cysgodion yn y brigau.

Milo oedd i fod i gadw golwg rhag ofn i ryw anifail gwyllt neu octopws coed ddod i chwilio amdanyn nhw gyntaf, felly aeth Elan a Rob i'w gwelyau ar ôl bwyta. Gorweddai Elan yn ei sach gysgu yn gwrando ar y tân y tu allan a meddwl am y garreg fawr, ddistaw, ddu. Cysgodd a breuddwydio am gowbois.

Ymhen awr, y tu allan i'r babell, dechreuodd Milo bendwmpian ac er iddo binsio'i hun er mwyn deffro, mynd i gysgu wnaeth o. Yna, wrth i bawb freuddwydio, cododd golau melyn o grombil y garreg a dechrau ar ei waith.

21

Bu bron i Elan dagu pan ddeffrodd a gwthio'i phen drwy geg y babell. Yn ôl y ffresni yn yr aer a'r gwlith dros bob man, roedd hi'n gwybod mai newydd wawrio oedd hi. Y peth cyntaf iddi sylwi arno ar ôl hynny oedd nad oedd y babell yn yr un lle yr oedd hi pan aeth hi i gysgu, a'r ail beth oedd bod ceffyl wrthi'n pori'n braf wrth ochr y babell. Ysgydwodd ei hun rhag ofn ei bod hi'n dal i gysgu, ond doedd hi ddim.

Aeth o'r babell ac ysgwyd Milo a oedd yn chwyrnu'n braf o dan flanced o wlith.

'Deffra! Oi! Ty'd!'

'Mmm-iyyy . . .' meddai Milo, yn hanner cysgu, ond yna deffrodd yn sydyn. Cododd ar ei eistedd fel petai wedi gorwedd ar drap llygod.

'Damia! Wnes i gysgu!'

'Do, Milo, mi wnest ti gysgu a gadael i'r tylwyth teg technoleg chwarae tricia â ni.'

Cododd Milo ar ei draed a gwelodd fod y criw bellach mewn pant gwelltog gyda charreg ddu fain yn ei ganol a bod y dyffryn y tu ôl iddyn nhw a'r adeilad rhyfedd yn nes o dipyn. Roedd pawb wedi cael eu symud, hyd yn oed y babell a'r tân a oedd bellach bron â diffodd. Yna gwelodd geffyl. Rhoddodd ei ben yn ei ddwylo.

'O na! Dim ond isio reid ar long ofod oedd Rob a finnau, nid helynt ac antur bob munud ar rhyw blaned ddirgel. Mi fasai'n well gen i sgwrio lloriau drwy'r dydd na chael hyn.'

Mae'n rhaid bod Rob wedi clywed yr helbul gan iddo ddod o'r babell yn rhwbio'i lygaid; roedd yn gwisgo het gowboi ar ei ben. Gan fod yr holl sefyllfa bellach yn ei daro fel un hollol ddwl dechreuodd Milo chwerthin.

'Lle gest ti'r het 'na, Rob?' holodd Elan mewn penbleth.

'O, yn y babell oedd hi. Mae dwy arall yno hefyd,' meddai Rob fel petai deffro i weld het gowboi wrth ei wely'n digwydd iddo o hyd.

'Hei! Ceffyl!' meddai wedyn cyn mynd ato a mwytho'i wddw. Gweryrodd hwnnw'n gyfeillgar.

Ceffyl du, sylwodd Elan, ac wrth iddi fynd yn nes i gosi y tu ôl i glustiau'r ceffyl, gwelodd fod ei lygaid yn felyn – yr un melyn â golau'r cerrig. Mwythodd hi'r ceffyl hefyd; roedd yn teimlo fel ceffyl ond wedi'i greu o'r un deunydd â'r graig oedd o, roedd hi'n sicr o hynny.

'Wedi'i neud mae'r ceffyl 'ma,' meddai Elan wrth y brodyr.

'Elan, mae pob ceffyl wedi'i neud,' wfftiodd Milo wrth ddechrau tynnu'r babell i lawr.

'Ie,' meddai Rob. 'Mae mami ceffyl a dadi ceffyl . . .'

'Wedi'i neud fel bocs plastig neu robot neu frechdan jam, dyna dwi'n feddwl!' atebodd.

Aeth Milo ati i archwilio'r ceffyl a'r hetiau cowboi.

'Cowbois, wir,' meddai'n ddistaw ar ôl ennyd. 'Ro'n ni'n sôn am gowbois neithiwr, yn do'n ni – yn meddwl amdanyn nhw – dyna sut ddaeth hwn aton ni.'

'Mi fydd yn handi, yn bydd?' meddai Elan wrth roi het am ei phen. 'Fyddwn ni fawr o dro cyn cyrraedd yr adeilad acw a ffendio'n ffordd at y *Gwalia* wedyn.'

Plethodd Rob ei ddwylo gyda'i gilydd i greu dolen, fel bod gan Elan fodd i fynd ar gefn y ceffyl. Yna cynigiodd Elan ei llaw iddo yntau a'i dynnu i fyny ar gefn y ceffyl ar ei hôl hi. Safodd Milo yno a'u hoffer i gyd o'i gwmpas. Roedd golwg wedi diflasu arno.

'Ty'd yn dy flaen, Milo! Gei di weiddi "Î-ha-a-a!"'

'Dwi'm isio gweiddi fflipin "Î-ha-a-a!",' atebodd Milo wrth daflu'r offer ar gefn y ceffyl a chodi ei hun i eistedd arno wedyn.

'Sut wyt ti'n dreifio ceffyl?' holodd Elan.

'Dwi'n amau,' meddai Milo, 'mai dim ond meddwl fydd yn rhaid i ti wneud â hwn.'

Meddyliodd Elan 'ymlaen' ac fe ddechreuodd y ceffyl drotian. Chwarddodd Rob a chlapio. Aeth y tri chowboi yn eu blaenau ar eu ceffyl rhyfedd.

Cafwyd dipyn o hwyl a thipyn o ddychryn wrth ddod i arfer â'r ceffyl. Doedd gan yr un o'r tri syniad pa mor gyflym oedd ceffyl go iawn i fod i fynd, felly cafodd garlamu'n gyflym iawn nes i Elan ddweud wrtho beidio. Erbyn hynny roedd gan y tri lond ceg o bryfaid ac yn teimlo fel petaen nhw'n teithio ryw gan milltir yr awr.

Bu chwerthin mawr wedyn wrth gymryd arnyn fod y tri'n hela pobl ddrwg ac roedd peidio gorfod cerdded a chario popeth yn braf iawn.

Penderfynodd pawb, ar ôl ffraeo rhyw fymryn, roi'r enw "Nedw Von Clip Clop" i'r ceffyl. Dewis Elan oedd y Nedw, roedd Rob am alw'r ceffyl yn "clip clop", a Milo am ei enwi ar ôl rhyw farwn o hen chwedl y clywodd amdani pan oedd yn fachgen bach. Ond, wrth ddod at gysgodion y pyramidiau ac at laswellt uwch o lawer, distawodd y tri. Roedden nhw wedi gweld rhywbeth arall yno hefyd.

'Llong ydi honna?' holodd Rob. Aeth Nedw'n nes at y siâp a'r gwellt bron a chyrraedd ei fol.

Yno, yn y glaswellt uchel gerllaw, oedd yn siffrwd wrth i'r awel redeg drwyddo, fe welon nhw rywbeth yn sgleinio. Chwythodd y gwynt eto. Llong ydi hi, meddyliodd Elan. Neu dyna fuodd hi rywdro – llong ofod gargo fechan, un o'r rhai a oedd yn edrych fel bocs hir gyda chab ar y blaen a dwy roced yrru bob ochr. Anaml iawn y byddai Elan yn gweld rhai felly ar ddociau'r planedau erbyn hyn gan eu bod nhw mor hen ffasiwn. "Antîcs" fyddai Ari'n eu galw nhw.

'Mae'n rhaid ei bod hi wedi cael damwain,' meddai Milo.

'A honna hefyd,' meddai Elan gan bwyntio i'r dde. Yno roedd llong cario mwynau, dair gwaith maint y *Gwalia* â hwyl-dal-golau-haul yn rhacs o'i blaen, a thwll hyll yn ei hochr. Dechreuodd y tri deimlo'n annifyr braidd a daeth y gwynt i godi croen gŵydd drostyn nhw.

Ychydig yn nes draw eto, roedd llong ofod arall wedi claddu'i hun wrth lanio fel mai dim ond rhan ohoni oedd i'w gweld yn codi o'r ddaear, ond roedd yn damaid enfawr. Dim ond un ochr llong a honno fel bryncyn uwchben y glaswellt. Sylwodd Elan fod sŵn traed Nedw'n swnio'n wahanol ac edrychodd i lawr a gweld ei fod yn cerdded ar ddarn mawr o fetel. Mae'n rhaid fod y llong yn ofnadwy o fawr felly. Wrth edrych oddi tani gwelodd Elan rywbeth wedi'i ysgrifennu ar ochr y llong ofod – y llythyren O.

'Waw!' meddai Rob yn ddistaw. 'Llong ryfel ydi hon, ddwedwn i, ond o un o'r hen ryfeloedd gannoedd o flynyddoedd yn ôl.'

'Ia?' holodd Milo'n ansicr.

'Ia, dwi wedi gweld lluniau. Mae hi wedi bod yma ers blynyddoedd maith. Drychwch!' pwyntiodd y tu ôl iddyn nhw a throdd pawb i edrych. 'Ôl saethu.' Roedd tamaid o'r metel wedi duo a chodi'n swigod. 'Rhaid bod hon wedi bod yn rhai o'r brwydrau mawr – Brwydr Nofa, falle. Roedd yr arfau oedd ganddyn nhw bryd hynny'n erchyll. Cafodd rhywun y syniad o roi driliau gwres a fyddai'n malu planedau ar gyfer mwyngloddio ar rai llongau. Ac wedyn roedd gynnau cledr a . . .' Ond tawodd Rob yn sydyn wrth sylweddoli beth oedd ar feddyliau'r ddau arall.

'Os fedrodd hon oroesi rhyfeloedd, pam a sut ddaeth hi i fan'ma?' holodd Milo.

Ond doedd gan neb ateb, fwy nag oedd ganddo yntau.

'Faint o griw fasa wedi bod ar long ofod fel hon, Rob?' holodd Elan yn anesmwyth.

'Tua dau gant a hanner o griw a staff, ac yna fe allai hi gario cannoedd yn fwy o filwyr.'

Aeth pawb yn ddistaw wedyn. Daeth y gwynt i sibrwd yn sbeitlyd rhwng y glaswellt. Yna fel petai gwynt yn dangos ei hun, daeth pwl cryfach na'r arfer gan wthio'r gwellt o'u cwmpas yn hollol fflat. Syllodd y tri, heb ddweud dim, wrth i ddegau, cannoedd o longau a lloerennau o bob siâp a maint ddod i'r golwg. Roedd rhai'n ddim byd ond hen fetel rhydlyd, tra bod eraill yn edrych bron yn newydd. Yn aml dim ond darnau o longau o gwmpas pant yn y ddaear oedd i'w gweld. Gallai Elan weld llongau na welodd hi erioed o'r blaen – ac roedd golwg od ar rai hefyd

– bron fel nad oedden nhw wedi cael eu dylunio gan feddyliau dynol. Yna gostegodd y gwynt ac fe lyncodd y glaswellt y llongau yn ôl o'r golwg.

Mynwent, meddyliodd Elan. Roedd y lle yn edrych fel mynwent llongau gofod.

22

Teimlai'r tri yn anesmwyth ac wedi dychryn. Roedd yn rhaid cael pobl i yrru'r rhan fwyaf o longau a doedd dim golwg fod 'run ohonyn nhw wedi goroesi taro wyneb y blaned. Doedd hynny ond yn golygu un peth. Roedd y lle yn fynwent pobl hefyd, felly. Doedd gan neb fawr o sgwrs wrth i Nedw fynd yn ei flaen ac i sŵn siffrwd y gwellt godi'n uwch o'u cwmpas.

Gadawodd y plant i Nedw eu cario tua'r adeilad gan fod aros mewn mynwent o'r fath yn syniad digon afiach ac roedd pawb am gyrraedd cyn iddi nosi. Distaw oedden nhw gan geisio peidio edrych ar y llawr rhag ofn iddyn nhw weld mwy o bethau anghynnes, ond allen nhw ddim osgoi gweld y sgerbau metel oedd ym mhob man. Heibio'r cysgodion llongau wedi'u llosgi'n ddu â nhw a hyd yn oed i mewn drwy rhai ohonyn nhw. Dim chwerthin, na siarad, dim ond meddwl a hwnnw'n hen feddwl tywyll; gallen nhwythau fod wedi marw hefyd. Fe allen nhw ddarganfod y *Gwalia*.

Daeth y tri at long wedi'i boddi mewn glaswellt fel y gweddill, ac eithrio bod yr enw *Esther* i'w weld yn glir ar damaid tyllog o'i hochr. Gwelodd Elan ddyn bach plastig tegan yn gorwedd yno wedi'i daflu ohoni.

'O!' ebychodd Elan. 'Llong yr Athro Hans!' Daeth darlun o wyneb a llais yr Athro Hans Reiter ar sgrin stafell reoli'r *Gwalia*, i'w meddwl ac fe deimlodd ergyd finiog o dristwch. Wnaeth hi ddim aros, doedd yna fawr o ddiben. Cofiodd nad oedd y brodyr wedi cael gweld y fideo honno ond roedden nhw'n amlwg wedi clywed pawb arall ar y *Gwalia*'n siarad am neges yr Athro Hans ac roedd Milo, wrth gwrs, wedi gwneud ymchwil tra oedd ar y blaned Kansas. Roedd golwg drist arnyn nhw hefyd.

O'r diwedd aeth olion y llongau yn fwy prin. Bellach roedd carnau Nedw ar graig ddu, os mai craig oedd hi, a'r adeilad yn nesu ar garlam.

Roedd y pyramidiau anferth yn troi yn eu hunfan wrth arnofio uwch eu pennau gan edrych mor ysgafn â bagiau plastig. Fedrai'r un o'r tri weld ffenestri na drysau a doedd yna ddim sŵn o gwbwl wrth iddyn nhw daflu cysgodion hir, oer drostyn nhw. Teimlodd y tri ias annifyr.

Roedd y düwch o'u hamgylch yn llawn o liwiau eraill yn symud a rheiny fel y lliwiau mewn olew injan ar bwll dŵr. Gwibiai gwreichion o olau melyn heibio i gyfciliant carnau Nedw. Bellach roedd y tŵr pigfain mor agos nes bod yn rhaid i Elan droi'i phen er mwyn gweld unrhyw beth arall. Roedd rhyw drydan i'w deimlo yn yr aer ond rhoddodd Elan anogaeth i Nedw fynd yn ei flaen y tu draw i'r pyramidiau. Roedd hi'n gwybod ym mêr ei hesgyrn mai yno roedd yr unig obaith i fynd yn ôl at y *Gwalia*, ac i gael gwybod mwy am y blaned hon.

Aeth Nedw i fyny'r grisiau a arweiniai at y tŵr yn ddigon bodlon ond yna fe safodd a gwrthod symud, waeth faint o feddwl, cymell a rhegi wnai'r marchogion. Daeth y tri i lawr oddi ar gefn y ceffyl a chymryd eu bwndeli offer eto cyn cerdded tua'r streipen o olau glas yn y tŵr a oedd yn llawer iawn lletach nac y meddyliodd Elan y byddai o. Cododd Rob ei ben.

'Waw,' meddai. Cyn gynted ag y dywedodd hynny, teimlodd pawb fod siarad ddim yn addas rywsut. Daeth rhyw deimlad annifyr i'w meddiannu. Ond roedden nhw'n dal i gael eu tynnu'n ddistaw at y llinell las, gan glywed eu camau'n atseinio. Gwyddai'r plant nad oedd dewis ganddyn nhw. Roedd y tri fel gwyfynod yn cael eu denu gan y golau ac yn teimlo trydan yn llenwi'r aer.

Roedd y tŵr o'u blaenau wedi'i wneud o'r un garreg ddu â phopeth arall o'u hamgylch, ond ei fod yn edrych yn debycach i wyneb clogwyn na'r cerrig llyfn eraill. Roedd yn greigiog ac roedd y golau glas yn dangos rhwng ambell grac a'r rheiny mor denau â gwe pry cop ac yn ymledu drwy'r tŵr fel craciau ar wyneb llyn wedi'i rewi. Ond roedd y llinell las yn y canol yn lletach na drysau cargo *Gwalia* ac yn llachar. Edrychodd Elan am i fyny a chael pwl o bendro. Roedd yn sobor o uchel, meddyliodd – roedd blaen y pigyn yn toddi i ganol cymylau gan roi lliw glas iddyn nhw. O'r cymylau rheiny daeth mellt, ond roedd y fflachiadau mor bell i ffwrdd nes mai prin eu gweld nhw oedd Elan.

'Sut y'n ni'n mynd i mewn i'r lle 'ma?' holodd

Milo. 'Dwi'n cymryd bod yna ddrws neu agoriad.'

Cofiodd Elan am ei breuddwyd. Cerddodd tua'r llinell o olau glas oedd yn yr adeilad nes na fedrai hi weld dim ond glesni a gosododd ei llaw arno. Gwaeddodd Milo arni i beidio â chyffwrdd y golau, ond chlywodd Elan ddim. Roedd hi wedi diflannu.

23

Agorodd Elan ei llygaid a sylwi nad oedd gwahaniaeth os oedden nhw ar gau ai peidio. Trodd o'i chwmpas a darganfod ei bod hi'r un mor dywyll lle bynnag yr edrychai, ond cyn gynted ag y meddyliodd ei bod hi'n dywyll dechreuodd golau glas gwan godi o'i chwmpas.

Nid am y tro cyntaf ers iddi hi lanio ar y blaned ddierth hon, safodd yn gegrwth. Roedd hi mewn stafell anferth, yn debyg i du mewn i eglwys gadeiriol y buodd hi'n cysgodi ynddi unwaith ar ryw blaned yn y gorffennol pan oedd hi'n boeth y tu allan. Daeth yr un teimlad o fawredd y lle a'r ysfa i siarad yn ddistaw drosti yr eiliad honno. Roedd y nenfwd uwch ei phen fel siâp triongl sgleiniog ac roedd lluniau'n symud arno. Lluniau o'r awyr ac o blanedau a'r gofod a ffurfiau nad oedd Elan wedi'u gweld o'r blaen; bron iawn nad oedden nhw fel pobl.

Hedfanodd rhyw ddwsin o focsys arian bach heibio heb wneud sŵn o gwbwl a diflannu i ben draw'r stafell enfawr. Cofiodd Elan am y peth bach arian a welodd Milo. Efallai eu bod nhw wedi dod o'r tŵr i chwilio amdanyn nhw bryd hynny, meddyliodd. Cerddodd ar eu hôl gan sylwi nad oedd ei sgidiau'n atseinio bellach, er bod y lle mor fawr.

Wrth y waliau safai ambell beth tebyg i gerfluniau ac wrth iddi gerdded heibio rhai ohonyn nhw ffrydiodd golau melyn drwyddyn nhw gan wneud iddyn nhw newid eu siâp. Bob hyn a hyn, roedd golau'n chwarae ar rai rhannau o'r llawr. Safodd Elan yn un o'r pyllau golau, ac yn sydyn roedd hi ar ben mynydd yn edrych tua'r môr, roedd eira dan ei thraed a gwynt yn ei gwallt. Camodd yn ei blaen gan feddwl busnesu rhyw fymryn, ond roedd hi nôl yn y stafell fawr eto ac wedi camu o'r golau.

Cymerodd hoe fach i gael ei gwynt ati, eisteddodd ar y llawr a'i deimlo'n rhyfeddol o gynnes o dan ei llaw. Edrychodd ar y to a'r waliau a sylwodd nad oedd hi'n ofnus, dim ond chwilfrydig. Arhosodd ar y llawr am sbel cyn teimlo fel ei bod hi'n ddiog. Penderfynodd y byddai'n well iddi ddal ati i archwilio rhai o'r pyllau golau eraill o'i chwmpas.

Aeth at bwll golau arall a sefyll yn hwnnw. Yn sydyn roedd hi ar damaid o graig yn edrych ar yr awyr o'i blaen. Yno roedd twll du anferth yn tynnu seren yn ddarnau, fel rhywun yn dadlapio pelen o linyn. Roedd hi'n olygfa ddychrynllyd a wnaeth i Elan neidio 'nôl mewn braw. Roedd ei chalon hi'n dyrnu mynd. Cafodd fraw wrth droi ar ei sawdl a gweld dau ffigwr yn sefyll yno, cyn teimlo'n wirion ar ôl gweld mai Milo a Rob oedd yno.

'O! Wnaethoch chi 'nychryn i!' gwaeddodd Elan a cheisio callio. 'O ble ddaethoch chi?' holodd yn llai gwyllt.

Atebodd 'run o'r ddau fachgen, dim ond syllu ar y lle o'u cwmpas. Yna daeth Rob at ei hun rhyw fymryn. 'Drwy'r golau. Fel wnest ti,' atebodd. 'Waw,' meddai wedyn ar ôl edrych o'i amgylch.

Aeth y tri ati i grwydro ychydig nes iddyn nhw glywed sŵn. Sŵn tincial llestri a thraed yn cerdded i'w cyfeiriad. Sŵn rhywun yn siarad.

24

'Diar, o diar mi!' Daeth y llais o bob man, rywsut.
Yna fe welon nhw rywun. Yn cerdded tuag atyn
nhw heibio'r cerflun agosaf â hambwrdd yn
drwm o dan bwysau diodydd oer, tebot, llestri,
cacennau a brechdanau, roedd hen wraig fach.
'Diar annwyl, yr hen draed 'ma,' ochneidiodd.

Edrychodd y tri ar ei gilydd, wrth i'r hen wraig
ddod yn nes, gallen nhw weld ei bod hi'n gwisgo
slipars coch a ffedog dros gardigan a sgert hir.

'Nefoedd yr adar!' meddai wedyn wrth
gerdded heibio'r tri.

'Pwy ydi hon?' holodd Milo drwy ochr ei geg.

'Wel dewch, 'mhlant i,' meddai'r hi eto wrth
osod yr hambwrdd ar fwrdd nad oedd yno
ychydig eiliadau ynghynt. 'Bytwch fel tasa chi

adra.' Eisteddodd yr hen wraig mewn cadair nad oedd yno eiliadau ynghynt chwaith, ac ochneidio. 'Ddyn byw annwyl, henaint! Mi gysga i fel twrch heno.'

Safodd y tri ffrind yn ddistaw gan geisio meddwl sut i ymateb i hen wraig a oedd wedi dod o rywle i'w bwydo. Roedd Milo'n edrych arni â golwg gymysglyd ar ei wyneb, fel petai bron yn ei hadnabod hi.

'Wel, dewch wir!' meddai gan amneidio at yr hambwrdd. 'Bytwch. Ry'ch chi wedi dod mor bell. Peidiwch â bod yn swil.' Gwenodd yr hen wraig wên a oedd gyda'r mwyaf caredig i Elan weld erioed – gwên a oedd yn crychu ei wyneb i gyd hyd at ei gwallt cyrliog gwyn. 'Dowch, rŵan.' Amneidiodd â'i llaw at gadeiriau cyffyrddus iawn yr olwg a oedd yn llawn clustogau. Er eu bod nhw'n ansicr iawn, fe eisteddon nhw, a theimlodd Elan erioed gadair brafiach.

'Dyna ni,' gwenodd yr hen wraig eto. 'Rŵan ta, mi gewch chi ddiod oer neu de; mae gen i gacennau a jeli ac mae 'na frechdanau wy, ham, caws a samwn. Cymerwch be leciwch chi – mae'r dorth yn ffres bora 'ma.' Edrychodd y tri ar ei gilydd, ond wnaeth neb estyn am y bwyd.

'Mae'n rhaid eich bod chi'n llwglyd ar ôl y fath daith. Mi gymera i frechdan samwn fach efo chi.'

Estynnodd yr hen wraig am blât a gosod brechdan arni a honno'n driongl perffaith. Yna arllwysodd de iddi'i hun a rhoi llwyaid o siwgwr a joch o lefrith ynddo cyn mynd ati i fwyta.

'Mae isio finegr ar samon, yn does?' meddai ar ôl gorffen.

'Pwy y'ch chi?' holodd Elan yn swta.

Chwarddodd yr hen wraig yn annwyl. 'Hen wraig fach unig, groesawgar.'

'Ond mae'n rhaid fod ganddoch chi enw.'

Cododd Milo ar ei draed yn sydyn gan yrru'i gadair am yn ôl. Roedd yn anadlu'n drwm ac roedd dagrau yn ei lygaid. 'Wn i pwy ydi hi neu pwy mae hi'n smalio bod,' meddai gan grynu.

'Milo bach, eistedda,' meddai'r hen wraig gan osod ei phlât ar fraich ei chadair a hel briwsion oddi ar ei ffedog.

'Rhag eich cwilydd chi . . .' gwaeddodd Milo, 'beth bynnag y'ch chi! Mae'r blaned 'ma yn ein pennau ni, Elan, a dyw hynny ddim yn deg!'

'Milo, be sy?' holodd Elan gan godi ar ei thraed.

'Nain ydi hi . . . neu . . . mae hi'n union fel Nain!' meddai Milo wrth i ddagrau gronni yn ei lygaid. 'Y nain fuodd farw flynyddoedd 'nôl, a ry'ch chi'n ei defnyddio hi i'n twyllo ni! Yn creu rhyw lun ohoni hi i'n sbeitio ni!' dechreuodd Milo feichio crio. Aeth Rob ato i'w gysuro.

'Mae gen inna gof plentyn bach ohoni,' meddai Rob yn ddistaw, ac roedd yntau'n dechrau cyffroi.

Ochneidiodd 'Nain' ac wrth i Elan ei gwylio hi, fe newidiodd ei hwyneb hi a'i dillad i gyd mewn fflach o olau melyn. Cododd yr hen wraig wahanol a rhoi ei llaw ar ysgwydd Milo. Wnaeth o ddim ymateb iddi ond fe roddodd y gorau i grio.

'Mae'n ddrwg calon gen i. Do'n i ddim yn deall,' meddai'r hen wraig. 'Mi wnes i weld dy atgofion di, Milo, a gweld yr hapusrwydd llachar oedd o'u cwmpas. Isio rhoi croeso i chi oeddwn i. Ar ôl i ti enwi'r blaned hon yn Llain, dyna oedd hi wedyn yn dy feddwl di, yndê? Ac roedd dy nain di'n rhan fawr iawn o'r Llain gwreiddiol, yn doedd?'

'Oedd,' atebodd Milo'n ddistaw.

'Roedd hi'n ddynes ffeind ofnadwy hefyd, yn ôl be wela i,' ychwanegodd yr hen wraig. 'Hoffwn i fod wedi'i chyfarfod hi. Ddysgais i lawer am groeso o dy atgofion di ohoni hi.'

'Pam?' holodd Milo.

'Achos mai dyna 'mhwrpas i, am wn i – croesawu pobol. Nefoedd! Dyma fi wedi gwneud llanast. Bwytwch y bwyd 'na – does dim gwenwyn ynddo fo. Taswn i am eich niweidio chi mi allwn i fod wedi gwneud i Nedw neidio o ben clogwyn yn ddigon hawdd.'

Eisteddodd y tri ac fe gymerodd Rob gacen; roedd y ddau arall yn wyliadwrus o hyd.

'Ddylech chi ddim bod yn ein pennau ni!' meddai Milo wedyn. 'Mae peth felly'n afiach.'

Arllwysodd yr hen wraig baned arall iddi hi ei hun o'r tebot cyn eistedd. 'Alla i ddim helpu hynny, Milo bach. Ond paid â phoeni, fflachiadau dwi'n 'u cael, a dim ond pan fyddwch chi'n canolbwyntio ar rywbeth arbennig. Fedra i ddim gweld dim nad ydych chi am i mi ei weld. Bwyta dy fwyd, Rob bach, rwyt ti'n dal i dyfu.'

Gwnaeth Rob hynny'n ddistaw ac estyn am gacen arall. Roedd y tri'n ddistaw iawn, ac edrychodd yr hen wraig arnyn nhw â golwg bryderus ar ei hwyneb.

'Beth yn union y'ch chi, felly?' holodd Milo.

25

'O, diar,' atebodd yr hen wraig. 'Yn gynta,' mi gewch chi 'ngalw i'n Neina – hynny'n siwtio?'

Nodiodd Elan yn ansicr. 'Mi gewch chi'r hanes i gyd, ond dim ond dros de, felly bytwch, da chi – ry'ch chi'n edrych yn sobor o llwyd.'

Estynnodd Milo ac Elan blât yr un a chodi brechdanau a chacennau arnyn nhw. Arhosodd Rob â'i ddwylo fel plât. 'Maen nhw'n flasus,' meddai yntau wrth i'r briwsion dasgu o'i geg. Dechreuodd y ddau arall fwyta, ac roedd yn rhaid iddyn nhw gytuno, roedd y bwyd yn flasus iawn.

'Dy'ch chi ddim yn berson byw fel ni, na dy'ch?' meddai Milo ar ôl ychydig.

'Brensiach, na'dw!' atebodd Neina. 'Ond mae gynnoch chi syniad gwahanol o beth ydi byw i'r hyn sydd gen i, dwi'n meddwl. Cael fy nghreu wnes i, fel peiriant, ond dwi ddim yn beiriant chwaith, bobol nac ydw. Y peth agosa sydd gynnoch chi ydi cyfrifiadur, dybiwn i. Ac wedyn d'yw hwnnw ddim yn debyg chwaith.'

'Ond pam hen wraig?' holodd Rob wrth godi jeli ar blât.

'Does gen i ddim siâp o gwbwl fy hun, felly dwi'n dewis un sy'n ymddangos yn groesawgar i ymwelwyr, a dim ond y tu mewn i'r lle yma y medra i wneud hynny am ei fod o'n gymhleth. Mae petha symlach fel Nedw yn ddigon hawdd i'w gwneud y tu allan, pethau sydd isio llai o feddwl ynddyn nhw.'

'Ond pam?' holodd Milo, wedi dechrau dod ato'i hun.

'Pam? Wel, dyna ydw i fod i neud, te, 'ngwas i? Dyna ydi 'ngwaith i – tynnu pobol yma er mwyn eu croesawu nhw.'

'Ond ry'ch chi'n brifo pobol!' meddai Elan. 'Yn eu lladd nhw!'

'Lladd?' holodd Neina.

'Ia, yn eu rhwystro nhw rhag byw!'

'Fedran nhw ddim troi'n ôl 'mlaen?' holodd Neina, gan grafu ei phen.

'Na fedran! Dyw pobol ddim fel peiriannau. Mae eich "helpu" chi'n lladd!'

Cododd Neina a chwifio'i braich. Ymddangosodd llun o'r blaned, ac roedd y tŵr pigfain wedi'i farcio arni ar gyfandir tua'r gogledd. Daeth llong ofod anferth ar y sgrin; roedd hi'n siâp rhyfedd fel pysgodyn jeli, bron.

'Edrychwch!' meddai Neina. Cliciodd ei bysedd ac fe ymddangosodd pelydryn o olau melyn o'r tŵr pigfain a lapio'i hun o gwmpas y llong ofod. Tynnwyd y llong ofod gan y golau melyn i lawr at y blaned a'i gosod yn sownd ar un o'r pyramidiau. Daeth llongau gofod eraill o wahanol siapiau a meintiau i gyd i gael eu tywys gan y golau melyn. Aeth rhai at y pyramidiau tra glaniodd eraill ymhellach o'r adeilad.

'Fel'na maen nhw'n mynd. Dim ond fod y llongau newydd 'ma'n glanio braidd yn bell i ffwrdd a'r bobl yn cymryd amser i ddod allan i gael eu te, ond . . .'

'Edrychwch!' meddai Milo a chau'i lygaid i feddwl. Daeth llun o ardal y glaswellt hir i'r sgrin. 'Falle mai dyna sut oedd o i fod i weithio, ond edrychwch beth y'ch chi'n wneud go iawn.'

Edrychodd Neina ar y llanast o longau gofod rhacs mewn penbleth. 'Nid dyna o'n i'n drio'i wneud – llongau gofod gwael sy ganddyn nhw, yn malu ar ddim. Na, dim ond cymryd eu hamser maen nhw. Dim wedi cyrraedd ers ychydig ganrifoedd y mae llawer ohonyn nhw. Amser byr iawn ydi hynny. Mi ddôn nhw.'

Aeth popeth yn ddistaw wedyn a diflannodd y lluniau o'r awyr o'u cwmpas. Diolchodd Elan am hynny'n ddistaw bach. Taclusodd Neina'r llestri.

'Ers faint y'ch chi yma?' holodd Rob, yn sydyn.

Gwenodd Neina rhyw wên drist.

'Dyna i ti reswm arall am ddewis wyneb hen wraig, Rob bach. Dwi wedi bod yma ers iddyn Nhw adael flynyddoedd maith yn ôl. Diar mi, mae'n rhaid i mi gael pum munud bach,' meddai Neina wrth fynd yn ôl at ei chadair.

'Pwy oedd "Nhw"? Y bobol wnaeth eich creu chi, ia?'

'Ia, yr Addawn, oedd eu henwau nhw.'

'Dwi wedi clywed straeon amdanyn nhw, wel, chwedlau,' meddai Elan.

Amneidiodd Neina â'i phen ar i bawb eistedd. Synnodd Elan wrth weld Rob yn cydio mewn brechdan ham arall a gwgu arno. Roedd o wedi bwyta pump yn barod. Dechreuodd Neina adrodd ei hanes ac wrth iddi wneud roedd lluniau ar do'r stafell fawr i gyd-fynd â'r stori roedd hi'n ei hadrodd.

Ymddangosodd planed braf yr olwg yn troi o gwmpas seren felen. Arni, yn ôl Neina, roedd criw o fodau wedi esblygu. Ymhen sbel cafodd y rheiny hen ddigon ar droedio un blaned a gweld yr un hen orwel ac felly dyma nhw'n dechrau adeiladu llongau gofod a lloerennau ac ymledu tua'r sêr.

Newidiodd y llun ar y to i un o fap o sêr gyda degau, yna cannoedd o linellau melyn llachar yn ymledu o blaned i blaned. Wedyn, dechreuodd y planedau newydd ollwng rhubannau o olau melyn dros bob man nes bod y sêr yn dawnsio yn eu canol.

'Roedd gan yr Addawn ymerodraeth o un pen i'r llwybr sêr i'r llall,' aeth Neina yn ei blaen i egluro, 'ac roedd eu technoleg nhw'n wyrthiol. Peiriannau a oedd yn gallu meddwl, yn gallu creu unrhyw beth – yn gallu newid tir diffaith planedau yn dir ffrwythlon, llongau gofod a oedd yn hel tanwydd o grombil y sêr. Ro'n nhw'n gallu troi golau yn rywbeth solet er mwyn creu adeiladau anhygoel fel y pyramidiau wyneb i waered welwch chi ar y blaned hon. I'r

Addawn, roedd codi rhywbeth fel y tŵr pigfain mor hawdd â chodi cwt.'

Edrychodd Neina ar y lluniau a oedd yn nofio uwch ei phen â dagrau yn ei llygaid. 'Ond mynd oedd eu hanes nhw. I le, dwn i ddim. Ond fe wnaeth rhywun anghofio fy niffodd i.'

Gwyliodd Elan, Rob a Milo llongau'r Addawn yn gadael y tŵr ac yn diflannu fesul un i ddüwch y gofod.

'Faint yn ôl oedd hynna, Neina?'

'O, mae 'na faint, dudwch. Iesgob, gadewch i mi feddwl, dydd Mawrth ydi hi heddiw, yndê, rhyw ddwy neu dair miliwn o flynyddoedd yn eich blynyddoedd chi, dwi'n meddwl.'

Oedodd y tri yn ddistaw mewn sioc. Doedd yr un ohonyn nhw'n gallu dychmygu'r fath amser.

'Ac ar eich pen eich hun y'ch chi wedi bod ers hynny?'

Carthodd Neina ei gwddw. 'Ia, does yna neb wedi galw heibio.'

'Am erchyll,' meddai Rob.

'Dwi wedi bod yn aros i octopysau'r coed esblygu i mi gael siarad â nhw. Ond maen nhw'n meddwl mai rhyw fath o dduw octopwsaidd ydw i ar hyn o bryd, er eu bod nhw'n garedig iawn, chwarae teg. Efo'r bocsys arian yna fydda i'n cadw golwg arnyn nhw.'

Gwenodd Elan ar Milo. 'Ond nid pobol wnaeth eich gwneud chi felly?'

Chwarddodd Neina. 'Diar, nage! Doedd yr Addawn ddim yn ddynol, ro'n nhw'n gyrru llongau gofod cyn i'ch cyndeidiau chi feddwl gadael y coed.'

'Ai êliyns o'n nhw, felly?' holodd Milo.

Wffriodd Neina a dechrau casglu'r llestri.

'Wel, arallfydwyr i chi, am wn i. Ni oedd yma gynta, chi ydi'r êliyns. Dewch wir i chi gael gweld eich llefydd cysgu.'

Edrychodd y tri ar ei gilydd.

'O na, Neina, dim diolch. Isio mynd yn ôl i'r *Gwalia* y'n ni, ein llong ofod ni. Fedrwch chi ein helpu ni i wneud hynny, medrwch?' holodd Elan.

'Y'ch chi'n meddwl gadael?' meddai Neina'n ddistaw. 'O 'mhlantos i, chewch chi ddim gadael, siŵr. Yma fyddwch chi rŵan, am byth.'

Diflannodd y cadeiriau a'r bwyd gan lithrio i mewn i'r llawr fel petaen nhw'n cael eu llyncu. Closiodd Elan, Rob a Milo at ei gilydd.

'Mae'n rhaid i ni fynd adra, Neina,' meddai Elan eto gan obeithio y byddai'r hen wraig fach ryfedd yn deall.

'Twt,' meddai Neina a chlicio'i bysedd. Symudodd y llawr o dan eu traed yn sydyn. Yng nghefn y stafell enfawr ymddangosodd twll yn y llawr a thynnwyd pawb tuag ato. Gallai Elan deimlo'i hun yn cael ei symud ar gyflymder ar draws y stafell er bod ei hesgidiau'n dal i fod yn sownd yn y llawr oddi tani. Y llawr oedd yn symud, mae'n rhaid.

Ar ôl iddyn nhw fynd drwy'r twll cafodd llygaid y tri eu taro gan olau llachar. Erbyn hyn, roedden nhw mewn tŷ gwydr a hwnnw'n anferth. Oddi tanyn nhw roedd rhesi o blanhigion o bob math a phethau tebyg i falŵns mawr du â gyddfau hir yn hedfan rhyngddyn nhw. Roedd rhai o'r pethau du yn chwistrellu dŵr tra bod eraill yn cario pethau rhwng eu teimlyddion.

'Dyma lle dwi'n mynd i dyfu eich bwyd chi,' meddai Neina. 'Swigod ydi'r pethau du 'na. Maen nhw'n perthyn i'r octopws o bell. Maen nhw'n weithwyr bach da.'

'Beth ydi'r rheina?' holodd Rob wrth weld labordy yng nghanol y planhigion. Y tu mewn i hwnnw roedd talpiau o rywbeth pinc yn arnofio mewn tybiau.

'Ham,' meddai Neina. 'Dydw i heb allu creu moch eto, felly dyna sut dwi'n creu ham i chi ei fwyta.' Aeth Rob i edrych yn welw, braidd.

Symudwyd Neina a'r plant drwy'r tŷ gwydr i stafell dywyll. Cododd planedau o'r llawr wrth iddyn nhw fynd heibio.

'Fan'ma mae'r stafell blanedau. Mae holl fapiau'r Addawn yma. Mae yna loerennau'n dal i weithio o gwmpas ambell i blaned ac felly mi fedra i greu byd bach holograffig i chi tasach chi ffansi cael gwyliau.'

'Ond, Neina . . .' dechreuodd Milo.

'Ymlaen!' meddai Neina ac fe symudodd y llawr yn gynt.

Aeth pawb am i lawr heibio cannoedd o ddrysau tywyll cyn dod at ddrws digon di-ddim yr olwg a symud drwyddo. Roedd y stafell hon yn un olau braf gyda phaneli crwn o'r graig ddu ar y waliau. Doedd dim dodrefnyn ynddi na ffenest, ond roedd y golau fel petai'n dod o bob man.

'Hon ydi'r llyfrgell,' eglurodd Neina wrth i'r llawr arafu. 'Mae holl wybodaeth yr Addawn ar gael yma i chi, er mi fydd yn rhaid i'ch ymennydd chi gael eu newid i ddeall popeth sydd yma – ond mater bach ydi hynny.' Edrychodd Neina o'i chwmpas a gwenu. 'Roedd gwybodaeth yn beth mor sylfaenol i'r Addawn ac mi welwch chi ei bod ar gael i bawb. Mi ddysgwch chi lawer iawn yn fan'ma, 'mhlant i; dim ond sefyll yma sydd angen i chi.'

Dechreuodd y llawr symud eto ac aeth pawb drwy stafell ar ôl stafell nes eu bod nhw bron â drysu. Roedd popeth yn mynd ar wib ac roedd Neina fel petai'n brysio. Yna, rhoddodd y llawr y gorau i symud. Roedden nhw nawr mewn stafell hir ac yn un pen ohoni roedd ffenest fawr wrth ymyl tri gwely. Doedd yna ddim byd arall ynddi y funud honno, ond gallai pethau ymddangos yn hawdd eto yn ôl y gofyn, meddyliodd Elan.

'Dyma ni! Braf, 'te.'

'Neina, fedrwn ni ddim aros,' meddai Elan yn bendant.

'Ond mi fedra i roi popeth i chi,' meddai Neina wrth i geffylau a gynnau a llongau gofod a jet pacs a chathod a chant a mil o bethau eraill y bu'r tri'n meddwl am eu cael ymddangos o'r lloriau a'r waliau, a'r rheiny wedi'u gwneud o'r un defnydd du â phopeth arall.

'A bwyd!' meddai wedyn. 'Mi gewch chi fwyta faint fynnwch chi!' Cododd y golau melyn hambyrddau o'r llawr ac arnyn nhw nwdls a byrgyrs a chyw iâr a hufen iâ a phob math o fwyd ar draws ei gilydd. Roedd ar y tri ofn am eu bywydau. Roedd yn rhaid dianc!

27

'Neina,' meddai Elan. Trodd Neina ati, ac er bod yr un olwg garedig ar ei hwyneb, edrychai ei llygaid yn oeraidd. Cofiodd Elan nad hen wraig fach garedig oedd hi go iawn. 'Neina, mi fedrwch chi gael cip ar fy meddwl i, medrwch?'

'Gallaf, dyna sut y medra i roi popeth ry'ch chi isio i chi.'

'Chwiliwch yn fy meddwl i rŵan. Teimlwch be dwi'n deimlo. Mi gewch chi weld be dwi isio.' Caeodd Elan ei llygaid a gwnaeth Neina yr un peth.

Meddyliodd Elan am sut y byddai'r *Gwalia*'n siglo wrth iddi gysgu. Meddyliodd am blannu tomatos gyda Dewyrth, am ymarfer poeri'n bell gydag Ari. Meddyliodd am ddysgu am esgyrn gyda Doctor Jên yng ngolau cannwyll am fod y system oleuo wedi malu. Yna am dynhau peipiau gyda Mel a Tom a gweld Tom yn gafael dros ei llaw hi ar y sbaner. Meddyliodd am y ffordd y byddai Titsh yn gwneud iddi chwerthin wrth sgrifennu negeseuon digri ar y sgrin fawr pan fyddai Ari wedi troi'i gefn. Canolbwyntiodd ar y teimlad roedd hi wedi bod yn ei fygu ers glanio ar y blaned hon – y teimlad oedd yn codi wrth feddwl am bethau braf a rheiny'n bell i ffwrdd.

Agorodd Neina ei llygaid â golwg wedi dychryn arni. Cerddodd am yn ôl gan ddal ei dwylo o flaen ei hwyneb fel petai hi'n amddiffyn ei hun rhag gwynt cryf.

'Be-beth ydi hwnna? Yr hen-hen-hen . . . deimlad 'na? Hen beth annifyr. Ych a fi.'

Gwasgodd Elan ei llygaid yn dynn, dynn rhag iddi grio, cyn eu hagor nhw eto.

'Hiraeth ydi hwnna, Neina.'

'Hiraeth?' gofynnodd Neina, wedi'i chynhyrfu. 'Ond pam dewis teimlo fel'na?'

Camodd Elan yn ei blaen tuag ati gan deimlo'r storm o hiraeth yn codi y tu mewn iddi hi ei hun eto.

'Dim dewis teimlo fel'na ydw i. Dyna sy'n digwydd.'

'Ond pam?' ymbiliodd Neina, yn agos at ddagrau.

Roedd y stafell yn tywyllu'n araf deg; llifodd y golau ohoni fel y lliw o wyneb Neina.

'Am fod pethau, a phobol dda, yn gadael tyllau yng nghalon rhywun pan maen nhw'n mynd.' Daeth Milo a Rob i sefyll wrth ochr Elan.

'O! Peidiwch chi'ch dau â dechra arni hefyd, da chi!' gwaeddodd Neina.

Wnaeth yr un o'r ddau ddweud gair, ond roedd pa bynnag hiraeth oedd wedi hel ynddyn nhw'n ddigon i ddrysu Neina. Gwyddai Elan y byddai gan y brodyr lond pen o hiraeth er nad oedden nhw wedi sôn wrthi am hynny.

Dechreuodd Neina anadlu'n drymach wrth i feddyliau'r ddau efaill lifo tuag ati.

'Stopiwch! Mae'n fy ngwneud i'n sâl!' gwaeddodd Neina.

'Dyma fasan ni'n ei deimlo bob eiliad y basan ni yma, ar eich planed chi.'

'Mi wna i chi'n hapus!' llefodd Neina.

'Ddim tra byddwn ni ar y blaned yma,' meddai Elan yn gadarn.

Disgynnodd Neina, yn gwingo i'r llawr. Yna wrth i'r tri ffrind ffrwyno ychydig ar eu hiraeth daeth ati ei hun a chodi ar ei heistedd. Ochneidiodd Neina ac roedd golwg wedi ymlâdd arni.

'Ac mae hwnna wedi bod ynoch chi ers cyrraedd? Sut y'ch chi'n byw efo fo?'

Eisteddodd Elan wrth ei hochr. 'Mae'n rhaid i ni, yn does. Mae'n iawn mewn ffordd, achos er mwyn teimlo mor anhapus â hynna mae'n rhaid i ni fod wedi teimlo'n hapus iawn rhyw dro hefyd.'

Dechreuodd Neina ddod ati hi ei hun wrth iddi ddechrau arfer â'r teimlad newydd, ond roedd hi'n dal yn anesmwyth, roedd hynny'n amlwg o hyd.

'Mae'n ddrwg gen i blant. Do'n i ddim yn deall; ro'n i'n annheg. Beth y'ch chi isio, felly?'

'Wel . . .' dechreuodd Elan.

'Helô?'

Yn sydyn atseiniodd llais o'u hamgylch, llais oedd yn gyfarwydd i Elan.

Neidiodd hi ar ei thraed wrth glywed y llais yn holi, 'Elan? Ti sy 'na?'

28

'Ari!' gwaeddodd Elan, bron â thagu ar ddagrau hapus.

Gwenodd Neina. 'Wel, dyna ddangos i mi – dim ond meddwl am siarad wnest ti a llwyddo i agor y systemau sgwrsio dy hun. Ti'n hogan glyfar, Elan, er dy fod ti'n meddwl nad wyt ti.'

'Hei! Pwy oedd honna?' holodd Ari.

'Neina, ond mae Milo a Rob efo fi, Ari. Ry'n ni'n saff.'

Daeth eiliad o dawelwch, yna wedi sniffian yn uchel, atebodd Ari. 'Wel, gwd. Ie, fi'n falch,' pesychodd. 'Ddim o'r bad achub y'ch chi'n siarad, nage? Mae rhyw signal od 'da chi.'

'Nage. Wel, o rywle arall. Fedri di ddod i'n nôl ni, Ari?'

Tawelwch eto.

'Ari?' holodd Elan, wedi dychryn.

Ochneidiodd Ari cyn ateb yn ddistaw a digon trist.

'Ddim ar hyn o bryd. Fe wnaeth beth bynnag dynnodd chi i lawr, y golau melyn 'na, ysgwyd y *Gwalia*'n galed. Fe rwygodd e'r bad i ffwrdd yn un peth. Ry'n ni'n dal i weithio ar gau'r tylle a weldio darne.'

'Ydi pawb yn iawn?' holodd Elan gan deimlo'n euog am beidio holi ynghynt.

'Ydyn, ydyn! Tipyn o annibendod 'da Tom a Mel ar ôl i Tom losgi'i fraich, ond ma' fe'n iawn nawr. Fe ddisgynnodd Dewyrth yn ystod y cryndod hefyd, ond ma'i ben e'n ddigon caled. Allwn ni ddim dod i lawr atoch chi yn fan'na am sbel. Dyw'r *Gwalia* ddim yn ddigon cryf i lanio ar unrhyw blaned ar hyn o bryd, ac mae'r hen olau melyn rhyfedd 'na'n ddigon cryf i'n dinistrio ni. Sori, Elan.'

Trodd Elan yn ddigalon at y ddau frawd. 'Dyna ni, felly.'

'Nage wir,' meddai Neina wrth godi a thuchan. 'Dewch efo fi.'

'Dau funud, Ari!' gwaeddodd Elan.

Dechreuodd Neina gerdded at gefn y stafell lle

roedd y ffenest fawr a'r gwelyau, ac wrth i'r tri ei dilyn cododd y llawr oddi tanyn nhw nes bod popeth yn aneglur. Pan roddodd y llawr y gorau i godi roedden nhw yng nghanol golau dydd y tu allan. Roedd y pedwar ar ben y tŵr pigfain.

'Waw!' meddai'r Elan, Rob a Milo gyda'i gilydd. Roedd golygfa anhygoel oddi yno ond roedd y tri'r dal yn ddrwgdybus o Neina rhag ofn ei bod hi'n ceisio eu twyllo.

'I fan'ma fydda i'n dod i feddwl,' eglurodd Neina.

'Mae'n lle braf, Neina,' meddai Elan, yn ofalus i beidio â chythruddo'r hen wraig.

'Ydi wir. Pan ddechreuais i arni yma, prin gallu gweld y môr o'n i cyn iddo fwyta'i ffordd yn nes, a doedd y mynyddoedd ddim hanner mor uchel chwaith. Mae popeth yn newid yn y diwedd. Ond 'ta waeth am hynny, mae gen i rywbeth pwysig i'w wneud.

'Ari, 'ngwas i?' holodd Neina, fel petai hi'n siarad â'r gwynt. 'Fedri di agor drysau'r lle cargo?'

'Ym . . . Pwy yw hi, Elan?' Daeth yr ateb o'r awyr.

'Hen beth gwirion ydw i,' atebodd Neina, cyn i Elan gael cyfle. 'Ddrwg gen i am falu dy long di.

Roedd llongau gofod yr Addawn yn gryfach na rhai dynol.'

'Yr Addawn?'

'Ia, yr union bobol.'

'Ydi hon yn gall, Elan?'

'Ydi, Ari, mi fydd yn rhaid i ti wneud be mae hi'n ddweud.' Roedd rhywbeth am ymddygiad Neina wedi newid a theimlai Elan ei bod am eu helpu nhw. Fedrai hi ddim esbonio'r peth yn iawn ond roedd hi'n ymddiried ynddi, a doedd ganddi ddim llawer o ddewis, beth bynnag. Mae'n rhaid fod Ari o'r un farn gan iddo ddweud.

'O'r gore, ond . . .'

Gwenodd Neina. 'Agor di'r drysau, 'ngwas i, a bydd yn barod i'w cau nhw'n sydyn pan ddaw'r amser.'

Cododd rhyw fath o gonsol du o'r llawr at ddwylo Neina.

'Be y'ch chi'n wneud, Neina?' holodd Rob.

'Eich hel chi adref. Mi wna i un peth da gyda'r golau melyn 'na, ond . . .'

'Be?' holodd Milo.

Arhosodd Neina a syllu'n wag o'i blaen cyn dod ati ei hun yn sydyn.

'Cyn i chi fynd, mae'n rhaid i mi adael i'r system newid ei hun am funud bach beth bynnag, felly arhoswch i chi gael rhywbeth bach gen i i'w gofio.' Daeth pen ac yna gweddill y ceffyl o'r llawr. 'Yr hen Nedw, braidd yn fawr i ffitio ar y *Gwalia*, tydi? Ond, arhoswch.' Aeth Neina ato, gosod ei llaw ar ei wddw a'i droi'n gwmwl o olau melyn. Yna chwyrlïodd fel petalau rhosod mewn gwynt. Aeth y golau'n llai ac yn llai nes ffurfio siâp . . .

'Cath!' gwaeddodd Elan wrth redeg at y belen fflyfflyd. Mewiodd honno arni a sylwodd Elan fod blew du a llygaid melyn yn siwtio cath yn well o lawer na cheffyl.

'Mae yna fymryn ohona i ynddi er mwyn i mi gael gweld 'chydig ar y bydysawd 'ma. Falle y do' i ar draws yr Addawn rywdro.' Gwenodd Neina ond sylwodd Milo fod yna rywbeth yn ei phoeni.

'Neina?' holodd.

Pwysodd Neina ambell fotwm ar y consol, ond roedd yn amlwg mai esgus i gadw'n brysur oedd hi.

'Cyn i chi fynd mae'n rhaid i chi addo un peth i mi,' meddai Neina. 'Peidiwch â 'ngadael i fel y gwnaeth yr Addawn – ddim yn y carchar yma. Fedra i ddim gwneud fy hun, ond os arhosa i yma am filiwn o flynyddoedd eto, mi fydda i wedi drysu.'

'Ond . . .' meddai Rob.

Gwenodd Neina. 'Mi fydd popeth yn iawn, Rob. Mae'r broses yn debycach i ddiffodd lamp na dim byd arall, ac os ddewch chi'n ôl rhywdro mi fedrwch chi droi'r swits 'mlaen eto. Ond mi ga i orffwys. Falle y ca' i freuddwydio . . .'

Cododd Elan y gath i'w breichiau a dechreuodd honno ganu grwndi. 'Sut?' holodd.

Cododd colofn o'r graig ddu debyg i'r un a oedd ar y platfform yn y goedwig o flaen y tri.

'Daliwch eich dwylo ar y golofn, blantos. Hwnnw ydi'r swits, os leciwch chi. Wedyn, wel, mi fydd yna ddigon o amser i mi eich gyrru chi'n ôl cyn i'r holl systemau gau i lawr. Cofiwch, nid hen wraig ydw i go iawn. Tydw i ddim yn fyw.'

Edrychodd y tri ar ei gilydd cyn mentro gosod eu dwylo ar ben y golofn. Roedd hi'n oer. Cyn i'r golofn gael cyfle i gynhesu dan eu dwylo'n iawn, suddodd yn ei hôl i'r llawr, heb sŵn na golau na dim. Cymerodd Neina anadl ddofn a gwenu.

'O'r diwedd,' meddai. 'Diolch.'

Sylwodd Elan fod rhai o'r sêr yn dechrau ymddangos yn yr awyr wrth iddi nosi. Dros y môr tua'r de roedd yr haul yn machlud.

'Safwch chi'n fan'na, blantos,' meddai Neina gan bwyntio at ymyl y tŵr. Daeth y mymryn lleiaf o dwrw troi fel petai peiriant yn cynhesu. Cododd y golau melyn o gwmpas y tri a sylwodd Elan eu bod nhw'n dechrau codi. Mewiodd y gath mewn braw a gafaelodd Elan yn dynn ynddi. Cododd Neina ei llaw a chwifio ffarwél. Chwifiodd y tri yn ôl.

'Hwyl fawr i chi, blantos annwyl!' gwaeddodd Neina.

Ymhen dim roedd y tri mewn i swigen felen uwchben y dyffryn a'r afon, yna'n gwibio heibio man glanio'r bad achub. Er eu bod yn gwibio'n anhygoel o gyflym uwchben y tir y tu, roedden nhw'n gallu anadlu'n iawn ac yn gynnes braf. Gwenodd y tri ar ei gilydd.

Dal i godi wnaeth y swigen. Bellach roedd y tŵr yn edrych fel beiro yn y pellter. Yn uwch ac uwch yr aethon nhw nes roedd y blaned Llain yn edrych fel pelen odanyn nhw. Yna, rhwng y sêr ymddangosodd siâp llong ofod gyfarwydd.

29

'Y *Gwalia*!' gwaeddodd Elan.

Roedd drysau'r howld cargo yn agored a rhywun yn sefyll yno mewn siwt ofod yn codi'i law. Daeth Elan, Rob a Milo yn nes ac yn nes. Trawodd eu traed lawr eu cartref ac arhosodd y swigen o olau melyn o'u hamgylch nes i'r drysau cargo gau ac i aer gael ei bwmpio i'r howld.

Allai Elan ddim credu ei bod hi wedi cyrraedd 'nôl, ond roedd teimlo'r un cryndod cyfarwydd o'i chwmpas a clywed oglau'r llong yn gysur mawr iddi. Roedd hi adref, o'r diwedd.

Ymhell i ffwrdd ar blaned Llain, safai Neina ar ben y tŵr yn gwylio'r machlud. Gwelai filiynau ohonyn nhw o'r blaen ond hwn oedd y machlud gorau o ddigon. Aeth golau glas yr adeilad yn wannach a gwannach a suddodd y pyramidiau i'r ddaear wrth i dyllau agor i'w derbyn. Aeth yr adeilad enfawr a'i gannoedd o stafelloedd yn dywyll. Diffoddodd y golau glas.

Gadawodd Neina i'r consol ddisgyn 'nôl i'r llawr. Sgubodd y tawelwch drosti. Gwenodd wrth weld y golau melyn yn yr awyr yn diflannu hefyd. Roedd yr hen blant adref. Fe allai hithau orffwys bellach. Cododd awel fach a throi Neina'n gwmwl o betalau golau melyn a chwythwyd hi i ymuno â'r olaf o olau'r haul.

Yn ôl ar *Gwalia* tynnodd Ari'r helmed oddi ar ei ben a rhedodd Elan ato a'i gofleidio.

'Ari!' gwaeddodd.

'Hei! Croeso 'nôl!' meddai Ari a'i gwasgu'n dynn.

'Dwi 'di cael cath!' meddai Elan. 'Ga i ei chadw hi?'

'Wel . . . y . . . cei . . .' ond rhag ofn iddo

ymddangos yn rhy garedig ychwanegodd, 'am y tro.'

'Diolch,' meddai'r gath. Ond cyn i Ari allu cwestiynu hynny na deall be ddigwyddodd yn iawn, daeth gweddill y criw i mewn yn un cwmwl o chwerthin a chofleidio. Cafodd y tri ffrind gymaint o groeso a'i gilydd. Aeth y sgwrsio ymlaen am amser hir, a braf oedd hynny.

Roedd yn rhaid i Elan, Rob a Milo gael archwiliad meddygol, wrth gwrs; roedd yna beipiau i'w tynhau, tomatos i'w plannu a chargo i'w symud hefyd. Ond yn gyntaf roedd Elan am gael pum munud bach iddi hi ei hun.

Gadawodd Elan y ddau frawd i gael archwiliad meddygol yn gyntaf.

'Paid â mynd yn bell,' meddai Milo gyda gwên.

'Ia,' chwarddodd Rob.

'Wna i ddim,' meddai Elan a gwenu cyn mynd am ei stafell, a'r gath yn ei dilyn.

Estynnodd o dan ei gwely a thynnu bocs blêr o'r tywyllwch. Tynnodd garreg ddu o'i phoced. Roedd hi wedi'i theimlo yno wrth iddi ddychwelyd i'r *Gwalia*. Mae'n rhaid ei bod hi wedi disgyn yno rywdro. Gosododd y garreg yng nghanol y trysorau eraill, tra bod y gath yn canu grwndi ac yn dangos ei bol iddi ar y gwely.

Doedd carreg fach ddim yn llawer ond roedd yn atgof o antur go fawr. Rhoddodd y caead yn ei ôl a rhoi'r bocs dan y gwely unwaith eto. Cododd Elan y gath i'w breichiau a cherdded tua'r unig stafell arall roedd hi am fod ynddi ar hyn o bryd.

Yn stafell y capten roedd Ari wrthi'n colbio dihirod ar ei sgrin fawr eto fyth. Ond diffoddodd y gêm ar unwaith pan glywodd y drws yn agor a chau. Trodd y sgrin i un o fap y sêr a phwysodd Ari ambell fotwm a gafael yn y llyw. Safodd Elan wrth ei ochr. Gwenodd y ddau ar ei gilydd.

'Barod?' holodd Capten Ari.

'Barod,' atebodd Elan.

Taniodd yr injan.

Roedd rhagor o blanedau i'w gweld.